Forbidden Spell Master of the Holy Tree

성수국의 금주술사 9

시노자키 카오루

illust : 시메사바 코하다

큐리에
벨스테인

노이즈
디스

"바라던 바입니다."

쿠델카
페라리스

"……겨뤄보죠,
쿠델카."

도리스토스
키르시냐

Contents

Forbidden Spell Master of the Holy Tree

성수국의 금주술사 9

성수국의 금주술사

9

시노자키 카오루

시메사바 코하다 일러스트
김덕진 옮김

프롤로그

성 르노우스레드 학원의 하기휴가도 끝이 다가왔다.

이곳으로 오기 전 세계의 말로 표현하자면, 지금은 이른바 여름방학 중.

그런 휴일 중에 있었던 중대사를 꼽으라면 성수사 후보생들이 결전을 벌이는 성무제와 그 성무제 중에 일어난 종말의 십시군과 스콜반가 일행의 대성당 습격일 것이다.

참고로 스콜반가 전에서 입은 상처는 곧 완치된다.

그 외에는 성무제에 초청된 군신국 루벨아르간과 균타리오스 제국의 손님들과 만남도 가졌다.

돌이켜보면 성무제 기간 중에는 좋은 일도 나쁜 일도 있었다.

그러나 나 사가라 쿠로히코에게는 양쪽 모두 귀중한 경험이었던 것 같다.

그리고 드디어 후기 수업이 코앞으로 다가왔다.

그런데.

"후기 수업이 시작되기 전에 하나, 방심할 수 없는 이벤트가 남아 있지……."

은색 장식이 달린 훌륭한 문 앞에서 그렇게 중얼거리며, 마찬가지로 훌륭한 저택을 올려다보았다.

방금 닫혔던 문이 반대쪽에서 다시 열렸다.

"왜 그렇게 멍하니 서 있나요, 쿠로히코."

"어?"

문에서 나온 사람은 우아하고 미려한 문의 장식이 빛이 바랠 정도로 아름다운 소녀, 세실리 아크라이트.

그녀는 내 동급생이자 친구이다.

그리고…… 일단은 연인 후보라는 관계도 됐다.

개인적으로는 그녀가 내게 그런 마음이 있다는 사실이 아직도 잘 믿기지 않는다.

"뭐랄까…… 선선하고 산뜻한 바람이 기분 좋아 잠시 이 바람을 느껴보고 싶어서……."

"네? 오늘은 산뜻함과는 전혀 다른 날씨인데…… 애초에 오늘은 바람이 전혀 불지 않잖아요?"

냉정하고 정확한 상황 인식이었다.

"……(빠히)."

의아한 눈초리로 노려본다.

그런 눈초리조차 아름다운 세실리 아크라이트의 마치 신의 축복과도 같은 모습은 여전했다.

그러나 기분은 상한 모양이었다.

"저희 집에 자고 가는 게 그렇게 싫은가요? 그렇게 망설여지나요?"

"그렇지 않은 건, 아니지만요.

"어휴! 그럼 아무 문제없…… 있다는 거잖아요!"

벌써 그녀의 캐릭터 성이 무너졌다.

아니, 그녀의 경우 캐릭터 성이 무너졌다기보다 벽면이 무너져 속살이 드러났다는 편이 옳은 건가?

나는 몸을 움츠렸다.

"여자 집에 자고 가는 건 익숙하지 않아서요……."

성무제에서 그녀가 우승하면 아크라이트 저택에서 하룻밤 머문다.

나는 그녀와 그렇게 약속했다.

그녀는 강자들이 모인 성무제의 무학년급에서 연승을 이어나가 결승까지 도달했다.

그러나 결과적으로 결승 상대인 아이라 호른에게 막혀 안타깝게도 우승을 놓치고 말았다.

어쨌든 최종적으로는 감투상이랄까, 이런저런 사정 끝에 결국 숙박을 하는 흐름이 됐다.

그렇다, 후기 수업 시작 전에 남겨진 또 하나의 빅 이벤트.

그것은 다름 아닌 아크라이트 저택에서 숙박하기였다.

제1장 아크라이트 저택에 자러 가자

시라스 욕장에 머물렀을 땐 다른 사람들이 있었다.

든든한 아군이라 할 수 있는 동성인 지크도 함께였다.

하물며 시라스 욕장은 여관 같은 곳이다.

여자아이의 자택이 아니다.

게다가 이번에 숙박할 곳은 엄청난 미소녀라는 말을 누구도 부정할 수 없는 세실리 아크라이트의 저택이다.

바꿔 말하자면 르노우스레드의 아이돌 같은 존재의 집.

그런 집에 자러 가는 것이니 부담되지 않을 리 없다.

두통이라도 있는 것처럼 미간에 손끝을 가져간 세실리 씨.

"히비가미나 사흉재와는 부담 없이 맞서면서 어째서 저희 저택에 자러 오는 일은 그렇게 부담스러워하는 건가요…… 정말 특이해요, 쿠로히코는."

"아니요, 세실리 씨는 특별하니까……."

"후후후."

갑자기 기분이 좋아진 세실리 씨는 내 뒤로 돌아들어 두 손을 붙잡았다.

"세, 세실리 씨?"

"그랬군요, 그랬어. 흐흠, 제가 특별하다고요…… 자, 그럼 그 특별한 세실리의 집에 들어갈까요?"

나는 벗어나려고 상반신을 젖혔다.

"드, 등에 밀착하지 마세요."

방금 등에 뭔가 부드러운 게 닿았다고요.

"이건…… 저택을 향해 앞으로 나아가지 않으면 조금 부끄러운 일이 벌어질 것 같네요? 뭐 저는 쿠로히코라면 몸이 밀착되는 것 정도는 신경 쓰지 않지만요. 맞다, 최근 제 가슴도 큐리에 정도는 아니지만 꽤 성장한 것 같거든요……."

다시 말해.

앞으로 나아가지 않으면 성장을 어필하기 위해 가슴을 떠밀겠다는 뜻이다.

정말이지 특별하다.

"특별히 경계해야 할 사람이네요."

"너무해~!"

나는 지친 얼굴로 한숨을 쉬었다.

"그 시커먼 속은…… 과연《르노우스레드의 흑진주》라고 불릴만하네요……."

"제 애칭을 멋대로 바꾸지 마시라고요!"

"어서 오십시오, 쿠로히코 님."

하나 씨가 인사했다.

나도 고개를 숙였다.

이 사람은 아크라이트 가문에서 일하는 분이다.

온화한 분위기의 중년 여성으로 세실리 씨도 무척이나 신뢰한다.

이 사람은 나와도 면식이 있었다.

그보다 역시 아는 사람이 있으니 안심이 되네…….

저택에 들어가자 곧바로 2층으로 이어지는 커다란 계단이 서양식 저택임을 주장하듯 맞이해주었다.

앞쪽 계단을 오르면 좌우로 계단이 갈라지는 모양이었다. 마치 저택 그림에 흔히 나오는 그것처럼.

저택에는 오랜 세월이 느껴지는 예스러움이 있었다.

그러나 곳곳이 잘 청소된 덕분에 청결했다.

낡고 케케묵은 느낌은 없었다.

킁킁…….

가슴을 간질이는 듯한 향기는 곳곳에 놓인 꽃에서 나는 걸까.

"쿠로히코는 손님용 방을 사용하세요. 저는 옷을 갈아입고 올 테니 안내는 하나에테 맡길게요."

"알겠습니다, 아가씨."

세실리 씨는 옷을 갈아입는다고 한다.

그렇다면 지금 입은 옅은 레몬색 반소매 원피스는 실내복이 아닌 건가.

"그럼 나중에 다시 만나요, 쿠로히코."

생긋 미소 지으며 손을 흔드는 세실리 씨와 헤어진 나는 하나 씨를 따라 저택의 복도를 걷기 시작했다.

"……."

걷다 보니 알 수 있었다.

저택 자체의 건축 연도는 상당할 것이다.

그런데도 오래된 느낌이 들지 않는 것은 아마도 청소는 물론 저택이 무척이나 정성스럽게 관리되었기 때문일 것이다.

핵심 저택은 아크라이트 백작가의 영지에 따로 있다지만, 왕도 이곳저곳에 있는 저택도 정성스럽게 관리하는 모양이었다.

사는 곳을 소중히 여기는 아크라이트 가문 사람들에게 강한 호감이 들었다.

전에 히비가미에게 패배해 낙담한 세실리 씨의 모습을 보러 왔을 때는 저택 안을 찬찬히 둘러볼 여유가 없었지…….

여유가 있을 때 바라보니 전에는 몰랐던 점이 보였다.

"이쪽입니다. 방 안의 물건은 마음껏 사용해주십시오. 후후…… 이 방의 물건은 장차 쿠로히코 님의 것이 될지도 모르니 말입니다. 그럼 용건이 있으시면 이 부름 종을 울려주십시오."

내가 고맙다고 말하자 하나 씨는 미소를 남기고 물러났다.

짐을 두고 침대에 앉았다.

……응?

그러고 보니 하나 씨가 이 방의 물건이 앞으로 내 것이 될지도 모른다고 했는데…….

그건 나와 세실리 씨가 결혼이라도 하지 않으면…….

고개를 저었다.

나도 참 무슨 생각을 하는 거야.

내가 세실리 씨와 결혼하는 건 상상도 할 수 없다.

뭐, 마음이 잘 맞는 건 분명하지만…….

그런 생각을 하며 탁상시계로 시간을 확인했다.

들었던 시간까지 지정한 방으로 가면 된다는 거지…….

아직 시간이 남았다.

침대에 등을 댄 나는 한층 진정된 마음으로 숨을 내쉬었다.

캐노피가 달린 침대.

우리 집에 있는 침대와는 편안함이 달랐다.

그나저나…… 저택에 있는 세실리 씨를 보면 정말로 격식 있는 집안의 따님이라는 걸 실감하게 되네…….

다시금 나와는 사는 세계가 다른 사람이라는 사실을 깨닫게 되는 것 같기도 하다.

하지만 알고 있다.

세실리 씨는 그런 대우를 받는 것을 싫어한다.

무엇보다 과거 이 저택에서 진정한 자신을 토로했다.

그 일이 있었기에 사는 세계는 다르다 해도 마음은 가까운 사람……인 것만 같다.

"……."

이 침대, 너무 편안해 잠이 오네…….

앗!

이런.

깜빡 졸았다.

시간 괜찮을까?

"응?"

어라?

눈앞에…… 누군가가 있다?

누운 나와 미묘하게 좌우 대칭인 상태로 어떤 여성이 누워 잠들어 있었다.

나와 같은 침대 위에서.

깜빡 졸던 사이에…… 무, 무슨 일이 있었던 거지?

"음……."

아직 잠이 덜 깬 탓인지 아직 의식이 몽롱했다.

수수께끼의 여성은 눈을 뜨고 있었다.

자는 것이 아니다.

여성의 눈매가 살며시 부드러워졌다.

천사가 강림했다고 착각할만한 그 표정을 본 순간, 마치 깃털로 심장을 간질이는 듯한 무어라 표현할 수 없는 느낌이 내 안을 휩쓸었다.

"안녕하세요."

귓가를 간질이는 목소리.

이미지는 부드러운 햇살이 드는 맑은 호수…… 라고나 할까.

그 이미지로 제일 먼저 떠오른 사람의 이름을 꺼냈다.

"세실리, 씨?"

"우후후."

검지 끝으로 내 이마를 콕 찌른다.

말랑말랑하고 차가웠다.

"아니에요."

"그럼…… 미, 미래에서 온 세실리 씨?"

"쿡쿡."

유쾌한 듯이 웃음을 흘리는 의문의 여성.

"아직 잠이 덜 깼나요? 그럼……."

"어?"

여성이 매끈한 손으로 내 손을 잡았다.

그리고…… 아직 몽롱했던 내 의식은 계속해서 벌어지는 일에 빠르게 깨어났다.

말랑, 천 너머로 부드럽고 따뜻한 감촉이 내 손바닥을 채웠다.

"……어, 잠깐?! 무, 무슨?!"

"어머머? 이게 그 유명한 둔감함의 일면이 보인 걸까요? 후후, 이것 봐요. 가슴 크기로 세실리인지 아닌지 알 수 있지 않나요?"

큭!

이 크기는 분명 세실리 씨의 것이…… 아니, 그게 아니라!

다급히 손을 떨쳤다.

참고로 손을 떨치긴 했지만 눈앞의 여성이 누구인지 어렴풋이 파악했기에 힘을 주지는 않았다.

응?

그나저나 지금 반응은…… 마치 내가 떨쳐낼 것을 예측한 것 같은 움직임이었던 것 같은데?

여성이 손을 짚고 상체를 일으켰다.

그녀는 희고 얇은 원피스를 입고 있었다.

어라?

저 옷은 전에 세실리 씨가 입었던 것 아닌가……?

그나저나…… 정신 차리고 보니 넋이 나갈 정도로 아름다운 사람이다.

옅은 호박색의 긴 머리카락.

가늘고 긴 속눈썹.

맑고 푸르른 눈동자.

형태 좋은 입술.

연유처럼 매끄러운 하얀 피부.

땋은 머리가 후두부를 따라 말린 저 머리 모양은 이전 세계에서 하프 업이라 부르는 것이었던가.

어쨌든 그 머리 형태도 너무나 잘 어울렸다.

그보다.

"우후후, 이제 깨달은 모양이네요."

얼굴을 봐도 이 사람은 십중팔구 세실리 씨의 어머니일 것이다.

"제가 세실리의 엄마, 소시에 아크라이트예요."

역시 세실리 씨의 어머니였다.

그나저나 너무 젊어 보이신다.

아이가 있다고 말해도 과연 몇 명이나 믿어줄까.

분명 어른의 향기가 나긴 하지만…….

"일단은 처음 만나는 게 되려나?"

"아…… 시, 실례했습니다. 사가라 쿠로히코입니다. 따님인 세실리 양과는 그게…… 성 르노우스레드 학원의 학우로 친하게 지내고 있습니다."

"어머나, 예의 바르네요. 네, 이쪽이야말로 딸이 신세 많이 지고 있어요."

꾸벅 고개를 숙이자 소시에 씨가 무릎을 세워 스르륵 미끄러지듯 다가왔다.

그 가느다란 손이 내 허벅지 위에 놓였다.

……이런 상황에서 어째서 허벅지를 만지시는 거지?

그리고 한 가지 더 문제가 있었다.

치마 부분이 말려 제법 아슬아슬한 부분까지 드러난 허벅지를 어떻게 해주시면 안 될까.

나는 눈을 둘 곳을 완전히 잃고 말았다.

사가라 쿠로히코는 여자에게 익숙한 중후하고 하드보일드한 남자와는 다르다.

눈앞에 매력적인 미인 여성이 있으면 당연히 평범한 남자의 반응을 하고 만다.

"쿡쿡…… 쿠로히코. 모처럼 둘만 있으니……."

뭐, 뭔가요, 그 불온한 서두는!

그리고…… 어째서 아까부터 제 허벅지에 손끝으로 《O》자를 그리시나요?!

간지러운데요!

"저하고 잠깐 《불장난》하지 않을래요? 무슨 뜻인지…… 알
죠? 물론……."

몸을 내밀고 내 어깨에 손을 올린다.

청초함과 고혹적인 매력이 뒤섞인 속삭임.

"딸에게는 비밀로."

벌어진 앞섶으로 풍만한 가슴이 흘러내릴 것만 같았다.

이 시각 정보는 이성과 심장에 주는 악영향이 막대하다.

큭.

가슴이 위험 수위 돌파 상태가 된 원인은 세실리 씨보다 가
슴 크기가 크기 때문이리라.

"……."

그러나 이래선 안 된다.

나는 소시에 씨의 어깨를 두 손으로 가볍게 잡았다.

"어머, 그럴 생각이 들었어요?"

슥.

"어머머?"

나는 소시에 씨의 몸을 천천히 밀어 내 몸에서 떨어뜨렸다.

"기분 상하셨다면 죄송합니다. 하지만 전 세실리 씨의 어머
니와 이상한 행동을 할 생각은 없어요. 오늘은 그게…… 세실

리 씨를 위해 온 거니까요."

소시에 씨가 생긋 웃으며 자신의 뺨에 손을 얹는다.

"그렇구나…… 욕망에 휩쓸려 생각 없이 상황에 휩쓸리는 남자는 아니라는 거네요."

으음.

이건 내가 유혹에 넘어갈지를 시험하신…… 건가?

방심할 수 없는 분위기.

모녀가 닮은 건가.

그것보다.

어느 틈엔가 나는 소시에 씨를 바라보며 사악한 미소를 떠올리고 있었다.

만나기를 학수고대한 심정.

그래요, 제게 당신은 갚아주어야 할 것이 있는 상대입니다, 소시에 씨.

큐리에 씨와 세실리 씨에게 괜한 지식을 불어넣은 압도적인 원흉……!

드디어 만났다.

이 사람에겐 하고 싶은 말이 너무나도 많다.

"소시에 씨."

"어, 네."

진지함이 전해졌는지 소시에 씨가 재빨리 단정하게 앉았다.

음.

이렇게까지 단정하게 있으시면 반대로 상대하기가 껄끄러워지는데…….

"그, 그게 말이죠, 지금까지 딸과 큐리에 씨에게…….."

"지금 뭐 하시는 건가요, 어머님?!"

응?

생글생글 미소 지은 채 고개를 돌리는 소시에 씨.

"어머나, 세실리."

"쿠로히코가 너무 늦기에 확인하러 왔더니…… 이 상황은
뭔가요?"

소시에 씨가 느긋하게 곤란한 표정을 했다.

"뭐라니…… 세실리 마음에 든 사람이 어떤 남성인지 궁금
해서 이야기를 해보려고."

"어, 어째서 둘이서 침대 위에?"

소시에 씨는 힘없이 자세를 무너뜨리고는 슬픈 듯이 눈가에
손을 가져갔다.

"흑흑…… 실은 말이지? 쿠로히코 씨가 날 억지로 침대로
끌어들였단다."

……소시에 씨?!

세실리 씨가 한숨을 쉬었다.

"아니요, 쿠로히코에겐 그럴 배짱이 없어요. 하아…… 아시
겠어요, 어머님? 놀리고 싶으시면 조금 더 신빙성이 있는 거
짓말을 해주세요."

천연덕스러운 표정을 보인 소시에 씨.

"어머나, 세실리한테는 못 당하겠구나."

"그래서 쿠로히코는 어떻게 된 건가요?"

"침대에 누웠다가 깜빡 졸았는데…… 눈을 떠보니……."

세실리 씨가 소시에 씨를 가만히 들여다보고는 다시 한숨을 쉬었다.

"어머님이 장난으로 침대에 올라가셨다는 거군요."

역시나 피가 이어진 딸이라고나 할까.

어머니의 행동 패턴을 잘 아는 듯하다.

그런데 그런 총명함과 이해력이 있으면서도 어째서 큐리에 씨와 마찬가지로 소시에 씨의 말에 넘어가는 걸까?

흠…… 이쯤 되면 세실리 씨가 일부러 소시에 씨의 생각을 받아들였다는 설이 농후해진 것 같은데…….

어쨌든 묘한 오해를 받는 상황이 벌어지지 않아 다행이다.

세실리 씨의 날카로운 통찰력에 고마워해야지.

"그럼 다시 인사할게요. 세실리의 엄마입니다. 잘 오셨어요, 금주술사님."

"저는 쿠로히코라고 불러주세요."

프리메수를 우아하게 한 모금 마신 소시에 씨가 상냥하게 말했다.

"후후…… 그럼 아까처럼 쿠로히코 씨라고 부를게요."

나는 지금 아크라이트 저택의 식당에 있다.

원래 세실리 씨는 이 식당에서 차를 마시는 시간에 소시에 씨를 소개할 생각이었다고 한다.

그러나 소시에 씨가 먼저 내 방으로 들어온 결과 그런 첫 만남을 갖게 된 것이다.

뭐, 갑작스러운 졸음을 참지 못했던 내게도 원인은 있겠지만.

세실리 씨가 의자를 이쪽으로 당겨 작은 목소리로 속삭였다.

"어머님은 저렇게 교묘히 겉과 속이 다르다고나 할지…… 의외로 방심할 수 없는 부분이 있으니까 조심하세요."

"그, 그건 세실리 씨도 마찬가지 아닌가요?"

"……?! 그, 그건 그거잖아요…… 어휴, 쿠로히코도 참 너무하네요."

속삭이는 목소리를 화를 내며 팔꿈치로 옆구리를 쿡쿡 찌른다.

……간지럽다고요.

"후후, 사이가 좋아 다행이네요."

소시에 씨가 훈훈한 얼굴로 그렇게 말했다.

식당 중앙에는 열두 명이 앉을 수 있는 긴 테이블이 있었다.

자리는 테이블의 양쪽 끝에 주인 전용으로 보이는 자리가 하나씩 있었고, 그 자리에는 소시에 씨가 앉아 있었다.

그 대각선이 내가 앉은 자리고 내 옆에는 세실리 씨가 앉았다.

미녀 둘 사이에 놓였다고 표현하자면 듣기엔 좋았다(실제로도 그렇지만).

세실리 씨는 옷을 갈아입어 지금은 소매가 없는 홍백색 상의를 입고 있었다.

실내에서 입는 탐험복 느낌이라고나 할까.

덥기 때문인지 스커트는 조금 짧은 인상이었다.

정말이지 두말할 것도 없이 가련하고 아름다웠다.

세실리 씨와 맺어질 상대는 적어도 복장의 의견을 물어도 곤란할 일은 없을 것이다. ……미사여구의 레퍼토리가 부족해 질 일은 있을 법하지만.

처음 봤을 땐 솔직히 두근거렸다.

언제든 내 마음을 쥐고서 놓아주지 않는 사람이다.

"그런 사이좋은 두 사람에게 할 이야기가 있어요."

소시에 씨가 그렇게 말을 꺼냈다.

"이야기요? 뭔가요, 어머님."

반응을 보니 세실리 씨도 모르는 이야기인 듯하다.

"지금부터 할 이야기는 쿠로히코 씨가 이 아크라이트 저택에 머물며 지켜야 할 규칙이에요."

예를 들자면 들어가선 안 되는 방이 있다는 식일까?

몇 시부터 몇 시까지는 이러이러한 일이 금지된다는 식일 가능성도 있겠지.

가주인 바디어스 씨는 볼일이 있어 모레까지는 자리를 비운 다고 한다.

미인 모녀가 사는 저택에 가족이 아닌 남자가 머무는 것이 니 이 집의 규칙과 절도는 반드시 지키도록 주의해야 한다.

소시에 씨에겐 다른 건으로 항의하고 싶은 일이 쌓였지만, 일단 이 저택의 규칙을 아는 것이 예의일 것이다.

나는 진지한 얼굴로 반응했다.

"네, 말씀해주세요."

"이 저택에 있는 동안, 쿠로히코 씨와 세실리는 부부로서 지내주세요."

어라?

영문을 알 수 없다는 뜻의 주름이 내 미간에 새겨졌다.

"저기…… 지금 뭐라고 하셨나요?"

그렇게 되묻자 모든 것을 감싸는 대지모신과 같은 미소를 떠올린 소시에 씨가 온화하게 말했다.

"문답, 무용이에요."

생글거리는 얼굴을 유지한 채 시커먼 오라를 내뿜는 위압용 기술…….

세실리 씨가 이따금 사용하는 저 기술은 소시에 씨에게서 배운 건가.

묵직한 중압감이 우리를 짓눌렀다.

"어, 어째서 그래야 하죠?"

소시에 씨가 미소를 유지한 채 사랑스럽게 고개를 기울였다.

"문답 무용, 이에요."

안 통한다. 이쪽의 퇴로가 막혔다.

도움을 구하고자 옆자리의 세실리 씨를 보았다.

"괘, 괜찮은가요?"

"네?"

앉은 채 쭈뼛거리는 세실리 씨가 시선을 내리고 머뭇머뭇했다.

얼굴을 붉힌 채.

"저, 저는…… 상관없는데요……."

뜨거운 시선을 내게 힐끔 보내는 세실리 씨.

"쿠, 쿠로히코는…… 싫은가요?"

"윽?!"

세실리 씨는 사전에 소꿉놀이 제안을 몰랐던 모양이지만……
결과적으로 절묘한 모녀 태그 기술이 됐다.

어느새 양쪽으로 퇴로가 막히고 말았다.

만약 여기서 거절한다면 숙박을 허락받지 못할 가능성도
있는…… 걸까?

이미 소시에 씨의 태도와 말에 담긴 뉘앙스가 그럴 가능성
을 시사하는 것 같기도 한데…….

세실리 씨는 오늘을 무척 기대했었다.

오늘까지의 모습을 관찰했다면 쉽게 추측할 수 있을 정도.

만약 여기서 숙박 계획이 틀어진다면 세실리 씨가 낙담할
것은 불 보듯 뻔한 일이다.

소시에 씨는 설마 이렇게 될 것을 예상하고……?

소용없다.

피해갈 길이 보이지 떠오르지 않는다.

도와줄 사람도 없다.

결국 나는 포기했다.

"알겠습니다. ……머, 머물고 있을 때뿐입니다."

만족스러운 듯이 입가에 손을 대고 쿡쿡 미소 짓는 소시에 씨.

"네, 머물고 있을 때뿐이요."

"그리고 말씀드리지만 부부라 해도 제가 소시에 씨가 바라는 대로 행동할 보증은 없어요. 누, 누군가의 남편이 되어본 적이 없으니까요."

"네, 쿠로히코 씨 나름대로 열심히 노력해주시면 충분해요."

나는 복잡한 심경으로 신음했다.

솔직히 말하자면 전혀 기쁘지 않은 것은 아니다.

장난이라지만 세실리 아크라이트와 부부 기분을 만끽할 수 있다.

게다가 상대도 싫지 않은 기색.

걸리는 점은 소시에 씨의 손바닥 위에서 놀아나는 것만 같다는 것인데…….

"응?"

갑자기 은은한 감귤 향기가 강해졌다.

그리고 이어지는 타인의 온기.

세실리 씨가 내 의자 위로 반쯤 비집고 들어왔다.

"가, 갑자기 왜 그러세요?"

"응? 후후후."

기분이 좋아 보이는 세실리 씨가 몸을 기댔다.

"세, 세실리 씨?!"

"**세실리 씨**가 아니라…… 세실리라고 해야죠? 후후, 쿠로히코는…… 한동안 제 남편이니까요. 그렇죠?"

벌써 의욕적이다.

전에 이름을 편히 부르는 것은 아직 어색하다고 거절했었는데…… 설마 이런 형태로 다시 시작될 줄이야.

저항해보았다.

"남편이 아내를 평범하게 《씨》를 붙이는 풍조도…… 이, 있지 않나요?"

이세계의 풍조까지는 모르겠지만.

"안 돼요."

아.

이 얼굴은 내가 거절할 수 없는 표정이다.

……포, 포기할 수밖에 없나.

"아, 알았어…… 오늘하고 내일은 좋은 남편이 될 수 있도록 노력할게, 세, 세실리."

"네."

그나저나 너무 밀착한 것 아닌가요?

"전 쿠로히코를 어떻게 부를까요? 여보? 낭군님?"

"네? 뭐, 뭐든 원하는 대로……."

"후후, 그럼……."

심장이 마구 뛰는 내 옆에서 황홀한 눈동자로 나를 바라보는 세실리 씨.

……어쩐지 굉장히 행복해 보인다.

"이틀 동안 저를 아내로서 잘 부탁드려요…… 여, 보."

솔직히 자백하자면 지금 한 마디로 머릿속이 녹아내릴 것 같았다.

군침을 삼켰다.

이, 이거 어떻게 되려나…… 이번 숙박은…….

소시에 씨가 자리에서 일어났다.

"그럼…… 뒷일은 젊은 두 사람에게 맡기고 늙은이는 물러날게요."

아무리 봐도 늙은이라는 표현이 어울리는 외모가 아니면서.

만약 20대라 해도 나라면 믿을 것이다.

"더 이야기를 나누고 싶지만 그건 저녁 식사 때 하기로 해요. 후후…… 이번 일은 저도 크게 기대할게요, 쿠로히코 씨."

……대체 뭘 기대한다는 걸까.

으…… 하지만 소시에 씨의 저 정숙함과 가련함을 겸비한 매혹적인 미소는 조금만 방심해도 매료될 것만 같았다.

면역이 없는 나라면 특히나.

세실리 씨도 성장하면 저런 절묘한 어른스러운 분위기를 내게 될까?

소시에 씨가 방에서 나가자 내 자리를 절반 점거하던 세실리 씨가 자신의 자리로 돌아갔다.

"후우, 어머님도 참 곤란하다니까요……. 후후, 제멋대로 굴어서 미안했어요."

"아, 아니요……."

어라?

아까까지 사모님 모드였는데 갑자기 평소 모습으로 돌아갔다.

"아, 남편처럼 행동하는 건 어머님이 계실 때만 하셔도 돼요. 저기…… 쿠로히코도 내키지 않을 테니까요."

어깨를 움츠리며 쓴웃음을 떠올린 세실리 씨.

살짝 아쉬워하는 분위기였다.

세실리 씨는 역시 부부 흉내 자체는 마음에 들었던 모양이다.

그러니까 나를 배려해 연기하지 않아도 된다고 말해준 것이다.

……솔직히 이런 표정을 하면 약해진다.

자신이 참 쉬운 남자라는 것은 알고 있다.

하지만 세실리 씨가 기뻐한다면…… 괜찮겠지.

"아니요. 어디서 소시에 씨가 엿듣고 있을지 모르니 이 저택에 머물 때는 되도록 남편을 연기할게요."

"어? 괘, 괜찮은 건가요?"

"하하하…… 물론 누군가의 남편이 된 경험이 없으니 중간중간에 평소 느낌이 나올 것 같지만……."

나는 엄지를 세워 보였다.

"서로 연기력을 다질 연습도 될 테니까요!"

그렇게 나는 남편다운 이미지를 필사적으로 상상하며 두근거리는 가슴으로 세실리 씨의 손에 자신의 손을 부드럽게 올렸다.

"가, 가끔은 이런 것도 괜찮지 않겠어? 안 그래, 세실리."

"여보……."

"……."

"······."

두 사람 모두 얼굴이 새빨갛게 됐다.

자신의 얼굴이 붉어진 것은 뺨의 열기로 알 수 있었다.

의식적으로 연기해본 결과 서로 부끄러운 마음이 부글부글 끓어올랐다.

기세를 몰아 승낙하고 말았지만······ 은근히 어려운 일인지도 모른다.

"······."

"······."

뭐, 뭔가 말하지 않으면······ 이 분위기를 견딜 수 없다.

빈 컵에 시선을 돌렸다.

"세, 세실리."

"네."

"뭔가 마실 걸, 받을 수 있을까?"

"아······ 아, 네. 자, 잠시만요."

벌떡 일어나 성큼성큼 주방으로 가는 새댁 세실리 씨.

그녀도 마음을 가다듬을 기회를 얻을 수 있어 다행이라는 느낌이었다.

아무래도 방금은 나이스 플레이였던 듯하다.

뭐, 무슨 일이든 과한 건 좋지 않으니까.

연기는 과하지 않은 정도로 해두자.

얼마 후 컵이 놓인 쟁반을 든 세실리 씨가 돌아왔다.

상당히 진정된 듯하다. ······어라?

어쩐지 뺨이 부풀려졌는데.

"세실리? 어, 어째서 그렇게 토라진 거야……?"

"새색시가 주방에서 마실 것을 준비하고 있었잖아요."

"어? 으, 음…… 저, 그게 무슨?"

"그러니까! 당신이 살짝 주방에 와서 《이제 밤까지 참을 수 없어, 세실리……!》 하는 느낌으로 뒤에서 살짝 안아줬으면 했어요!"

"그러지 않는다고요!"

그보다 밤이 되어도 딱히 아무 짓도 안 할 거라고요!

"어휴."

뺨을 붉히고는 있지만 시선에서는 항의하는 기색이 역력했다.

"배짱 없긴."

음?

제법 세게 나오시네요.

그런 말까지 들은 이상 지고만 있을 수 없다.

반격해야지.

"하하하, 그런 귀여운 모습으로 말해도 전혀 화나지 않아요. 뭐랄까 달콤한 숨결로 마음을 간질이는 느낌이네요."

세실리 씨의 머리 위로 분노의 기색이 떠올랐다.

"△×●※ㅁ!"

"아…… 아무리 그래도 그건 남자라면 누구든 상처받을 거라고요!"

나는 머리를 감싸듯 귀를 막았다.

"그보다 미소녀 입에서 그런 험한 말은 듣고 싶지 않다고요! 너무해!"

가학적인 눈초리로 창백해진 나를 가만히 들여다보는 세실리 씨.

"정말이지 어떻게 대해야 하는지 어려운 서방님이네요."

"큭."

실수다…… 이런 그녀도 의외로 괜찮다는 생각이 들고 말았다.

지나치게 예리한 것인지도 모르지만…… 어느 선까지라면 괜찮게 받아들일지를 그녀 나름대로 계산했던 것인지도 모른다.

세실리 씨가 한숨을 쉬고서 평소 모드로 돌아왔다.

"뭐, 그건 그렇고…… 여기요, 향초를 넣은 카람수예요."

"아, 고맙습니다."

세실리 씨가 스커트를 손으로 누르며 자리에 앉았다.

미소도 원래대로 돌아왔다.

"후후…… 쿠로히코와 둘이 있으니 역시 마음이 편하네요."

"그런가요?"

"음, 쿠로히코는 어때요? 저와 있으면 마음이 편한가요?"

"그건…… 전 지크와 함께 있는 편이 편할지도 모르겠네요."

"후후후, 그렇겠죠, 그렇겠…… 네에에?! 그그그, 그게 뭔가요?! 너무해요!"

"하, 하지만 세실리 씨와 있으면 역시 이성을 의식하게 되거든요."

일어나려던 세실리 씨가 다시 자리에 앉았다. 그 후로 그녀는 멋쩍은 듯이 헛기침을 했다.

"그런 말은 먼저 하시라고요."

"말을 끝까지 듣지 않는 건 피부에 좋지 않아요."

"적당한 말은 마세요."

우리는 그런 식으로 한동안 식당에서 잡담을 나눴다.

그보다 어느새부터 결국 서로 평소 대하는 모습으로 돌아와 있었다.

역시 부부를 연기하는 것은 강하게 의식하지 않으면 어렵다.

피곤하기도 하고.

"그러고 보니, 쿠로히코."

"네."

"오라버니에게서 최근 성수 기사단 본부에 드나든다는 말을 들었는데요."

"맞아요. 최근 시간이 있을 때 기사단 일을 돕고 있어요."

성무제가 끝난 뒤.

나는 기사단 본부로 가서 하기휴가 동안만이라도 기사단 일을 돕게 해달라고 소규트 단장님에게 부탁했다.

그것이 받아들여져 최근 나는 조금이지만 기사단의 일을 도왔다.

기사단은 위병과 연계해 왕도의 치안 유지도 담당했다.

상업 활동이 왕성한 대도시와 마찬가지로 이곳 왕도 크리스토피아에도 빛과 그림자가 존재한다.

그림자 부분인 악덕 행위도 제법 발생한다.

그런 상황에서 성수 기사단은 위병에게는 버거운 성가신 사건을 맡는다고 한다.

그러나 지금 기사단은 사흉재 습격의 영향으로 사람이 부족한 상황이다.

그런 사정도 있다 보니 특별히 나를 받아줬다고 한다.

지금은 사람이 부족한 탓에 후보생의 체험 입단도 검토하고 있다지만, 후보생에게 일을 맡기는 것은 원칙적으로 인정되지 않는다고.

다만 사흉재를 쓰러뜨리고 종말의 십시군과 스콜반가를 쓰러뜨린 금주술사이기에 소규트 단장님이 긍정적인 자세로 기사단에 제안해주셨다고 한다.

고맙게도 디아레스 씨, 반슈토스 씨, 리리 씨, 노드 씨처럼 주요 인물들도 긍정적인 반응이었다고 한다.

참고로 그런 과정을 알려준 것도 소규트 단장님이었다.

특별 교관일 때 교류했던 것이 다행이었을지도 모른다.

"뭔가 원하는 게 있어서인가요? 쿠로히코의 과거 공적을 생각하면 일부러 사전에 얼굴을 팔지 않아도 졸업 후에 문제없이 입단할 수 있을 텐데요."

"원하는 건 성유적이에요."

"성유적?"

"네."

참고로 성유적이라 해도 학원 부지에 있는 성유적이 아니다.

성수의 뿌리 부근에 펼쳐졌다는 최대난도의 성유적.

정기적으로 그곳을 공략하는 성수 기사단은 다른 성유적과 분별하기 위해 그 성유적을 《특급 성유적》이라 부른다고 한다.

"일을 도운 뒤에 단원 사람들에게 이야기를 듣는 등, 나름대로 특급 성유적의 정보를 모으고 있어요."

세실리 씨가 이해했다는 뜻을 보였다.

"아, 그렇군요. 노이즈의 정보에 따르면 왕도 밑에 펼쳐진 성유적 어딘가에 제1금주의 주문서가 있다고 했던가요?"

"네. 그리고 기사단이 안고 있는 사건이 줄어들어 인원에 여유가 생기면 중지된 특급 성유적 공략이 다시 시작되는 시기도 앞당겨질지도 모르니까요."

그렇게 되면 분명 모이는 정보량도 늘어난다.

"물론…… 바라는 것은 그 너머에 있을 제 특급 성유적 공략 참가를 인정받는 거지만요."

"그렇군요. 쿠로히코는 하기휴가 중에도 앞날을 생각해 차근차근 움직이고 있었네요."

그렇게 말하는 세실리 씨도 성무제가 끝나고 이래저래 바쁜 듯했다.

그래서 가끔 만나기는 했지만 그녀의 근황을 잘 모르기도 했다.

"참고로 쿠로히코는 기사단을 돕는 날 이외에는 뭘 했나요?"

"그 이외의 날이요? 글쎄요…… 기본적으로는 훈련이나 도서관에서 조사했어요. 그리고…… 주문서에 관련된 정보가 없는지를 알아보기 위해 사람들이 많은 곳에 가보기도 했고요."

사람들이 많은 곳에는 다른 나라에서 온 여행객이 있으니 주문서에 대한 소문을 들을 수 있을 것 같다고 생각해 이따금 찾아가기도 했다.

원래 모르는 사람에게 말을 거는 것은 익숙하지 않지만 그 남자를 쓰러뜨리기 위해서라고 생각하면 그런 것을 신경 쓸 수도 없다.

"히비가미와 결전을 벌일 때까지 할 수 있을 법한 일은 잔뜩 해두고 싶어요. 후기 수업이 시작된다면…… 드디어 성유적 공략도 풀리니까요."

수수께끼의 거인 사건과 그 영향 조사를 위해 학원의 성유적은 일시적으로 봉쇄됐다.

그러나 노이즈가 사용하던 《용새(用塞)》(마술사의 작업실과 같은 것)을 발견했을 무렵부터 조사가 거의 끝나가는 흐름이 됐다고 한다(이 이야기도 본부에서 소규트 단장님에게서 들었다).

주문서의 일을 제쳐놓더라도 내가 앞으로 성수사가 되고자 한다면 성유적 공략은 필수라 할 수 있다.

전기 평가점은 성무제 참가 면제로 만점 평가라는 행운으로 어떻게든 됐지만, 후기도 그럴 수는 없다.

특히나 나는 술식 계열 과목은 점수를 딸 수 없을 가능성이 높다.

그만큼 성유적 공략에서 점수를 벌어두고 싶다.

"그리고 언젠가 특급 성유적에 들어갈 것을 생각하면 지하 유적에 들어가 경험을 쌓아두고 싶으니까요."

"성유적 공략…… 후후, 저도 질 수 없겠네요. 아, 그러고 보니 큐리에 이외의 공략반 동료는 어떻게 할지 생각해뒀나요?"

나는 쓴웃음을 지으며 뺨을 긁적였다.

"하하…… 사, 사실 아직 전혀 손을 쓰지 않았어요."

세실리 씨는 지금 지크와 힐기스 씨와 함께 공략반을 맺었다.

그리고 그녀는 어떤 신념으로 처음에 맺은 그 셋이서 공략하기로 정했다.

그러니 나와는 공략반을 맺을 수 없다.

물론 세실리 씨와 공략반을 맺을 수 있다면 베스트이겠지만.

……음, 공략반 동료라.

"가능하면 아이라 씨나 레이 선배에게도 말을 걸어보고 싶지만, 그쪽은 가문의 사정으로 다른 후보생과 반을 맺었으니까요."

성유적 공략은 사람 수가 늘면, 그 수에 비례해 공략 난도가 높아진다고 한다.

따라서 원칙적으로 대규모 공략반이 맺어질 일은 없다.

너무 크게 대처해야 하는 것도 문제라는 것이다.

"음…… 일단은 도리스 회장님이나 쿠 회장님한테도 말을 걸어볼까……."

그러고 보니 베오자 씨는 어떨까?

지금은 그립기까지 한 피부르크&바슈카타와의 공략반은 이미 해산한 걸까?

세실리 씨가 속삭이듯 말했다.

"《도리스 회장》과 《쿠 회장》이라고요……."

"하지만 그 두 사람은 각자 모임의 후보생과 공략반을 맺었을 테고…… 앗, 또 불쾌 모드?! 어째서?!"

그늘진 눈으로 빙그레 미소 짓는 세실리 씨.

"아니요. 어느새 꽤나 친근함을 담아 부른다냥 싶어서요."

갑자기 고양이처럼 말하면 무섭다고요.

"그건…… 기사단 본부에 오가는 도중에 우연히 만나거나, 훈련 중에 회장님들이 수련장 근처를 지나거나, 도서관에 있을 때 우연히 가까운 자리에 앉기도 해서…… 그렇게 대화를 나누다 보니 자연스럽게 거리가 좁혀졌다고나 할까."

"그게 정말로 우연이었을까요?"

"하지만 두 사람이 일부러 만나러 올 이유가 없잖아요?"

"으, 그건 그러니까…… 그, 왜……."

"……?"

"어, 어쨌든! 사가라 쿠로히코의 연인 후보생으로서 그런 일에는 조금 질투가 나네요."

살며시 입술을 삐죽거린 세실리 씨가 옆구리를 간질였다.

"아, 그, 그런 거였군요."

그렇게 확실하게 말하면 둔감한 나라도 알 수 있으니 고맙다.

상황을 이해한 내가 제안했다.

"그럼 세실리 씨도 《세 씨》라고 줄여서 부를게요."

"아니요…… 따, 딱히 제 이름도 줄여서 불러줬으면 하는 게 아닌데요…… 게다가 《세 씨》라니…… 너무 미묘하기도 하고요……."

얼굴은 웃고 있으면서도 어째서인지 마음에 들지 않아 하는 세실리 씨.

"어라?"

식당에서 담소를 마친 나는 세실리 씨에게 저택 안내를 받았다.

그리고 한 바퀴 안내를 받은 뒤 내가 머물 방에서 함께 공부하게 됐다.

공부 내용이 무엇인가 하면, 성유적에 들어갈 때 알아두어야 할 지식을 나에게 알려주는 둥이었다.

과연 대단하다고나 할지, 세실리 씨가 정리한 성유적 공략 메모는 도움이 될 것투성이였다. 이전 세계로 비유하자면 수업 요점을 알기 쉽게 정리한 알짜 노트라고나 할까.

"응? 세실리 씨…… 비교적 새로운 종이는 그럭저럭 최근에 적은 것이죠?"

"네? 으, 음…… 뭐, 그렇겠죠? 네, 그럴지도 몰라요."

"혹시 이거 초심자가 알아둬야 할 점을 일부러 저를 위해 정리해준 건가요……?"

"으…… 쿠, 쿠로히코를 위해서니까요! 차, 착각하지 마세요!"

역시나 나를 위해서라고 한다.

이 사람은 자신과 상관이 없으면서도 이렇게 티를 내지 않고 배려해주고는 한다.

그래서 내 안의 호감도도 쑥쑥 오르는 것이다.

그리고.

지금의 나는 세실리 씨와 나란히 하나의 탁상에 앉아 상당히 가까이 몸을 밀착하며 성유적 공략에서 주의할 점을 배우고 있다.

"……."

이것은 퍼스널 스페이스라는 심리적 공간에서 말하는 친밀한 거리가 아닐까.

특히나 친한 상대에게만 허용된다는 특별한 공간.

그 공간에 들어오는 것을 서로가 허용하고 있다.

큭!

방심하면 나도 모르게 그 가느다란 허리에 손을 감고 껴안을 것만 같다.

그런 충동에 휩싸인 내 속도 모르고(혹은 이미 알고 있을지도) 엄청나게 가까운 거리에서 개인 수업을 이어나가는 세실리 씨.

이제 좀 나도 익숙해지면 좋을 텐데 이 사람에게는 쉽게 면역이 생기지 않는다. ……면역이 생기지 않는 것은 주변 여성 전반에 해당하는 일이지만.

세실리 씨가 다음 항목을 알려줄 준비를 하는 동안 문득 그녀의 옆모습을 보았다.

뭘까?

처음에 만났을 때와 비교하면 최근 들어 독특한 요염함이 나오는 것 같은데…….

"……."

아니, 모처럼 흔쾌히 알려주고 있는데 이성의 매력에 넋이 나가는 것도 실례다.

좋아. 마음을 다잡고 착실하게 듣자.

이성을 최대한 가동해 굳은 의지로 집중 모드에 들어갔다.

세실리 씨가 속삭인다.

"큭…… 이 정도로는 아직 쿠로히코의 이성을 빼앗기엔 부족했던 건가요……?"

아무래도 심리적 공간 침략은 의도된 것이었던 듯하다.

그보다 내 이성을 뺏으려 하면서도 확실하게 공부를 알려주는 쪽에도 용량을 할애하는 것을 보면 정말이지 하이스펙인 사람이다.

공부가 마무리될 무렵, 저녁 식사 시간이 됐다.

둘이서 식당에 가자 소시에 씨가 자리에 앉아 기다리고 계셨다.

창문 커튼은 닫혀 있었다.

촛대형 술식기가 적당한 온색 빛으로 실내를 비추고 있었다.

"죄송합니다, 소시에 씨. 저희가 늦었네요."

"아니요. 아직 약속한 시간이 지나지 않았으니 사과할 필요 없어요."

소시에 씨가 후후후, 하고 밝게 미소 지었다.

"쿠로히코는 사과하는 게 버릇인 면이 있다니까요."

세실리 씨가 쓴웃음을 지으며 내 버릇을 지적하며 착석.

나는 그 옆에 앉았다.

이번에도 양옆(한 명은 대각선 앞이지만)으로 아크라이트 모녀가 앉는 구도.

그때 소시에 씨가 물었다.

"두 사람은 그 이후로 줄곧 이 저택에?"

"네, 계속 둘이서 쿠로히코의 방에 있었어요."

"어머머………… 어머머머머."

그 얼굴…… 소시에 씨, 분명 뭔가 좋지 않은 망상을 하시는 거죠?

처음 《어머머》하고 말한 뒤 있었던 미묘한 간격은 대체 뭔가요.

소시에 씨가 시치미를 뗀 얼굴로 말했다.

"그럼 두 사람 다 왔으니…… 음식을 가져다주겠니? 하나."

"알겠습니다, 사모님."

대기하던 하나 씨가 고개를 숙였다.

나는 자연스럽게 의자를 뺐다.

"아, 저도 도와드릴게요."

"아니요, 쿠로히코 씨는 그냥 있어도 괜찮아요. 조리가 끝난 음식을 가져오는 것뿐이니까요."

"하지만 둘이서 옮기는 편이……."

"언젠가 세실리와 하나가 될 거라면 이런 세계의 작법에 익숙해지는 것도 좋을 거예요."

음?

미소와 함께 살짝 혼이 난 기분이었다.

예를 들어 귀족 딸의 남편이 다른 귀족의 저택에 초대를 받을 때, 그 집 하인의 일을 돕는 행위는 작법에 굉장히 어긋난다고 한다.

나는 그렇게 이해했다.

자신의 집에서 나는 되도록 미아 씨를 도왔다.

개인적으로는 그렇게 행동하는 것에 아무런 의문을 품지 않는다.

그러나 예를 들어 미아 씨는 시녀라는 입장이 있다.

시녀의 일을 적극적으로 돕는 가주라는 것은 귀족 세계의 예의라는 관점에서 볼 때 무척이나 **좋지 않은** 행동인지도 모른다.

그것이 다른 사람의 집이라면 더욱더 그렇다.

아마도 방금 그것은 친절하게 알려주는 것이다.

로마에 가면 로마법을 따르라는 건가.

마음을 고친 나는 그 말을 따라 하나 씨가 음식을 가져오는 사이에는 얌전히 앉아 있기로 했다.

그런데.

"쿠로히코 공이 하나를 돕는 것 정도는 괜찮지 않으냐, 소시에."

그렇게 말하며 식당에 들어온 사람은 어느 노인.

노인은 세실리 씨의 정면 자리(내가 볼 때 오른쪽 대각선 자리)에 앉았다.

"내가 볼 땐 당연하다는 듯이 으스대는 남자보다는 인상이 좋은데 말이다."

소시에 씨가 동그래진 눈을 깜박였다.

"아버님."

식당에 나타난 사람은 세실리 씨의 조부, 가이덴 아크라이트였다.

성왕님의 검술 지도역으로, 과거에는 성수 기사단 소속이었다고 한다.

오래 알고 지낸 성왕님의 상담역도 맡았기 때문인지 평소 성에 머물 때가 많아 저택에는 잘 돌아오지 않는다고 들었다.

내가 볼 땐 손녀인 세실리 씨를 무척이나 사랑하는 인상이 강한 사람이기도 하다.

그러자 세실리 씨가 얼굴을 가까이하고서 내 귓가에 속삭였다.

"할아버님도 겉과 속이 다른 분이니 조금 주의하세요."

아크라이트 일족, 겉과 속이 다른 사람들뿐이잖아요……!

가이덴 씨가 나타난 것을 본 소시에 씨가 살짝 허둥지둥했다.

"서, 설마 오늘 돌아오실 줄은 몰랐어요. ……음, 지, 지금 바로 하나에게 음식을 추가하도록……."

"됐다. 이미 식사는 마쳤다. 나는 포도주만 부탁하마."

가이덴 씨가 말하자 주방에서 나온 하나 씨가 「식후에 드신다면 그게 좋을까요?」 하고 생글거리며 물었다.

"그래, 그걸로 부탁하마. 허허허. 이 저택에 있으면 내 취향을 잘 아는 하나가 있으니 좋군."

그 후 음식과 마실 것을 모두 옮긴 하나 씨는 고개를 한 번 숙이고서는 주방으로 돌아갔다.

"꿀꺽."

음식을 보자 나도 모르게 군침을 삼켰다.

전부 정성스럽게 만들었을 법한 음식이다.

화려한 모양새에 식욕을 부르는 냄새는 뱃속을 자극했다.

"그럼 들어요."

소시에 씨의 그 한 마디로 식사가 시작됐다.

좋아. 우선 이 소스가 뿌려진 껍질이 있는 고기 요리를⋯⋯.

"그런데 쿠로히코 공."

내가 음식을 입에 넣었을 때, 포도주를 한 모금 마신 가이덴 씨가 미소 지으며 입을 열었다.

"자네는 세실리를 아내로 맞이할 생각이 있는가?"

"으헉?!"

안에 든 것이 나오려던 입을 재빨리 손으로 막았다.

처음 한 마디부터 나온 묵직한 직구에 그대로 데드볼이 나오고 말았다.

"회, 회송합미다⋯⋯ 코, 콜록, 콜록⋯⋯!"

"괘, 괜찮으신가요?"

세실리 씨가 등을 쓰다듬어주었다.

내 등을 쓰다듬으며 가이덴 씨에게 화를 내는 세실리 씨.

"할아버님! 식사가 시작되자마자 아무런 서론도 없이 지나치게 직접적인 질문이셨어요!"

"그, 그래…… 미안하구나, 미안해."

소시에 씨가 입가를 우아하게 닦은 뒤 입을 열었다.

"아버님은 네가 걱정되시는 거란다, 세실리."

"아무리 그래도, 갑자기…… 겨, 결혼 생각의 유무를 확인하시는 건 지나치게 핵심적이에요! 쿠로히코가 깜짝 놀랐잖아요."

"어머나, 새색시는 쿠로히코 씨에게 참 자상하구나?"

아, 그러고 보니.

소시에 씨 앞에서는 되도록 남편 역할을 연기해야 한다.

나는 세실리 씨에게 눈으로 사인을 보냈다.

"고마워, 세실리. 이제 괜찮아."

"아…… 네. 알겠어요. ……저기, 여보? 이제 괜찮아요?"

"으, 응."

세실리 씨가 살며시 손을 뗐다.

그녀도 알아차리고 부부 연기 모드로 들어간 모양이다.

"호오?"

관심이 생겼는지 미간을 올리며 턱에 손을 가져간 가이덴 씨.

"너희도 제법 깊은 사이가 된 모양이구나?"

아, 그렇구나.

가이덴 씨는 우리가 소시에 씨에게 부부 모드를 강요받았던 사실을 모른다.

"아, 아니에요, 가이덴 씨! 사실은!"

다급히 소시에 씨와 정했던 일을 설명했다. 그러자.

"뭐야, 그런 거였군."

아무래도 이해해주신 모양이다.

"정말이지 소시에도 어려운 요구를 했구먼."

"후후후, 뭐 어때요. 세실리도 그럴 마음이 있는 모양이니까요. 그리고 아버님?"

"응?"

"세실리가 이 저택에 남성을 데리고 왔는데도 오늘따라 기분이 상하시지 않은 것 같네요?"

가이덴 씨가 음, 하고 끄덕였다.

"쿠로히코 공은 세실리가 히비가미라는 흉악한 놈에게 끌려갈 뻔했던 것을 막아준 남자다. 듣자니 그 녀석은 이렇게 귀여운 세실리를 그 종말향에 데려가려 했다지 않더냐."

재차 언급하지만 정확하게 말하자면 그 사건은 큐리에 씨의 활약 덕분에 막을 수 있었던 면이 크다.

"게다가 그 사흉재의 위협에서도 세실리를 구했지. 참고로 말하자면 나도 이 남자에게 도움을 받았다. 사랑하는 손녀와 이렇게 함께 식탁에 앉을 수 있는 것도 쿠로히코 공 덕분인 셈이야. 무엇보다……."

가이덴 씨가 내 왼쪽 눈을 보았다.

"그 왼쪽 눈도 곁에 있는 사람을 지키기 위해 희생했다지?"

"네? 아, 뭐…… 그렇게도, 말할 수 있겠죠?"

세실리 씨에게서 들으신 걸까?

베슈검 전은 오로지 모두를 지키고 싶다는 일념이었기에 세실리 씨에게만 한정하면 미묘하게 사실과 다른 것 같기도 하지만…….

"하물며 쿠로히코 공에겐 세실리 쪽이 호의적인 모양이니 말이다. 서로 마음이 있다면 나도 인정할 수밖에 없지."

들었던 이야기와는 이미지가 조금 달랐다.

뭐랄까 손녀에게 접근하는 남자는 가차 없이 내칠 것 같은 인상이었는데.

"하긴 나는 쿠로히코 공의 마음을 본인의 입으로 들은 적이 없군. 지금 여기서 남자로서 세실리를 어떻게 생각하는지 들려주지 않겠나?"

「그건 저도 꼭 듣고 싶네요」 하고 소시에 씨가 거들었다.

그러자 세실리 씨가 마치 나를 지키려는 듯이 몸을 밀착했다.

"두, 두 분이서 쿠로히코를 몰아붙이지 마세요."

"세실리 씨……."

"이런 곳에서 갑자기 대답하라 하시면 쿠로히코도 곤란해할 거예요."

으음.

역시 말해야 할 것은 확실히 말해야 할지도 모른다.

세실리 씨에게 「신경 써주셔서 고맙습니다」 하고 인사를 한 뒤 나는 자세를 바르게 했다.

내 결의를 깨달았는지 세실리 씨가 조용히 물러났다.

나는 가이덴 씨와 소시에 씨의 사이로 몸을 돌린 뒤 입을 열었다.

"세실리 씨와의 관계에 대해서는 성 르노우스레드 학원을 졸업할 때 결론을 내릴까 합니다."

내 진지함이 전해졌는지 가이덴 씨의 모습에 변화가 생겼다.

그의 온화한 분위기가 사라졌다.

가이덴 씨는 팔짱을 끼고서 의자에 몸을 깊숙이 기댔다.

"흠."

계속해서 말해보라고 눈빛으로 재촉한다.

"가이덴 씨도 아시는 히비가미라는 남자는 학원을 졸업할 때 제가 하비가미와 사투를 벌인다는 조건으로 우리를 놓아주었습니다."

"그 이야기는 처음 듣는군. 그리고 지금…… **놓아주었다**고 했나?"

"현재 히비가미는 그 사흉재를 뛰어넘는 실력을 지녔을 겁니다."

"히비가미라는 남자가 그 정도인가."

"네. 그 남자는 당시 지크벨트 길에스가 조우한 사흉재 한 명을 거의 상처 하나 없이 살해했습니다."

"그 사흉재를……."

사흉재 습격 시 가이덴 씨도 그 한 명인 맛소 앙글렌과 싸웠다.

다시 말해 그는 그 괴물의 실력을 몸소 체험한 사람이기도 하다.

"자신은 너무 강해졌다고…… 히비가미는 그렇게 말했습니다. 그래서 자신과 대등하게 싸울 수 있는 상대를 찾고 있다고 합니다. 실제로 저는 그 남자보다 강한 사람의 존재를 모릅니다."

짚이는 사람이라면 히비가미와 같은 제6원 출신이자 전부터 진심을 보이지 않았다는 로키아, 바라가, 오르무드 정도일까.

하지만 두 사람의 진짜 실력이 어느 정도인지 모른다.

큐리에 씨라면 그녀 자신이 지금으로선 히비가미에겐 이길 수 없다고 스스로 평가했다.

히비가미가 적으로 기대했던 베슈검은 이미 죽었으니 앞으로 싸울 수 없다.

다만 혼자서 충돌했을 때 어떻게 될지 상상이 되지 않는 상대가 있다.

스콜반가.

그 커다란 남자는 압도적이라는 말 그 자체였다.

그리고 그 괴물의 저력이 내게는 보이지 않았다.

가이덴 씨의 눈동자가 이해했다는 기색이 감돌았다.

"다시 말해…… 장래성이라는 점에서 그 히비가미의 감정에 가장 가까운 것이 금주술사인 자네였다는 셈이로군?"

"그런 모양입니다. 그 남자는 제 안에서 특별한 잠재력을 발견한 것처럼 말했습니다."

"그래서…… 졸업하기 전까지 그 《장래》에 도달하라는 건가."

나는 고개를 끄덕였다.

"만약 그 시점의 제가 히비가미에게 이길 수 없었을 때는…… 제 주변 사람들을 모두 죽이겠다고 말했습니다. 그래서 저는……."

나는 갑자기 솟아오르는 차가운 살기를 억누르며 말했다.

"반드시 그 남자를 이겨야 합니다."

가이덴 씨가 입꼬리를 쓱 올리고선 턱을 쓰다듬었다.

"그러니까 이런 말인가? 그 결투를 벌일 졸업식까지는 사랑보다도 되도록 강해질 것을 중심으로 생활하고 싶다고?"

"네."

"흐음."

생각에 잠긴 듯이 입가를 엄지로 쓰다듬기 시작한 가이덴 씨.

손가락 움직임이 멈췄다.

"좋구먼."

"그 말씀은?"

세실리 씨가 묻자 가이덴 씨는 기분 좋게 말했다.

"가이덴 아크라이트로서는 이 남자에게라면 세실리를 맡겨도 좋다는 뜻이다."

소시에 씨가 입에 손을 가져갔다.

"저 아버님의 입에서 그런 말이 나오다니 놀랍네요."

"난 바디어스 녀석이 지금까지 데려온 남자들이 단순히 마음에 들지 않았을 뿐이야. 하지만 이 남자는 마음에 들었다."

"그 사람이 뭐라고 할까요?"

"뭐, 그 고지식함으로 똘똘 뭉친 바디어스를 설득하는 건 버거울지도 모르겠구나."

"하지만 쿠로히코 씨."

소시에 씨가 내 쪽으로 몸을 돌렸다.

"아버님께서 인정하신 것은 세실리 공략으로 볼 때 상당한 진전이에요. 아니요, 지금까지 아무도 이룩하지 못한 위업이라고요."

불만스러운 듯이 소시에 씨를 바라보는 가이덴 씨.

"공략이라니, 성유적도 아니고…… 그래, 그런 소시에는 어떠냐?"

"어머? 저요?"

소시에 씨가 의미심장한 시선을 내게 보냈다.

"조금 의외네요."

"다양한 의미가 담긴 감상이로구나. 하지만 난 쿠로히코 공을 인정했는지를 묻는 거다."

"우후후, 글쎄요?"

촉촉한 입술로 부드러운 미소를 그린 소시에 씨가 내게 미소 지었다.

"저도 그 사람…… 남편과 맞설 각오가 필요할지도 모르겠네요?"

"후우~ 좋다~."

벽에 물방울이 떠오른 실내에서 그렇게 말하며 물속으로 들어갔다.

뜨거운 물이 아니다. 적당하게 기분 좋은 온도.

"그러고 보니 소시에 씨가 한 말…… 일단은 나를 인정해주셨다고 받아들여도 되는 걸까."

나는 지금 아크라이트 저택의 욕실에 있다.

혼자 사용하기에는 벅찬 넓이.

평범한 체형의 사람이 다섯 명 정도라면 여유롭고도 남을 정도로 들어갈 것이다.

전체적으로 흰색이 돋보이는 욕실로 기둥에는 세심한 조각이 새겨져 있었다.

그것 외에도 꽃과 식물이 장식되어 있는 등 우리 집의 소박한 욕실과는 차원이 달랐다.

뭐, 우리 집 정도의 크기가 마음이 편안하다는 장점도 있지만.

목욕물은 살짝 녹색이 섞여 있었다.

미용 효과가 있다는 잎의 추출물을 사용한다고 했던가…….

아크라이트 모녀가 지닌 미모의 비결은 이런 점도 포함되어 있을 것이다.

목욕 시간은 이곳 사람들이 정해주었다.

지금은 내가 목욕할 시간.

참고로 소시에 씨는 이미 목욕을 마쳤다고 한다.

그나저나…… 여자 집에서 목욕하다니 신기한 느낌이다.

우리 집 욕실을 여자가 사용한 적은 있었지만…….

그보다 항상 세실리 씨가 옷을 벗고 여기에 드나든다고 생각하니…….

"……."

저, 적당히 마치고 빨리 나가자…….

그렇게 생각했을 때.

욕실 문이 열렸다.

"어?!"

얇은 천을 두른 가느다란 몸의 인물이 성큼성큼 들어왔다.

"잠깐?! 서, 설마 세실리 씨……."

응?

"……아니네?"

욕실 안을 흐리는 수증기 탓도 있어 순간 세실리 씨로 착각했다.

그 인물은 긴 머리카락을 뒤에서 높게 묶으며 이쪽으로 다가왔다.

"가끔은 남자끼리 이런 것도 나쁘지 않겠죠. 이렇게 둘이서 느긋하게 이야기할 기회도 별로 없으니까·말입니다."

"당신은……."

나타난 사람은.

"안녕하세요."

세실리 씨의 오빠, 디아레스 아크라이트였다.

"갑자기 들어오셔서 깜짝 놀랐어요."

물속으로 얼굴을 반쯤 잠기게 한 나는 곁눈질로 디아레스 씨를 반쯤 노려보며 부글부글 거품을 만들었다.

"후후, 세실리가 아니라 실망했습니까?"

"아니요, 디아레스 씨여서 깜짝 놀랐네요."

"오, 그거 영광이군요."

디아레스 씨는 그렇게 말하며 뺨에 붙은 머리카락을 손으로 우아하게 뒤로 넘겼다.

"……."

"응? 왜 그러죠, 쿠로히코."

"아, 아니요."

가슴 아래가 물속에 잠겨 있으니 여자라고 해도 위화감이 없다. 물에 들어가 있으면 여동생과의 차이점인 신장의 차이가 사라지기 때문일까?

뭐, 가만히 관찰하면 몸매가 남자라는 것을 알 수 있지만.

아니, 가만히 관찰하지 않으면 안 되는 시점부터 이상한 거지만.

애초에 이 사람은 겉모습만이 아니라 행동과 목소리도 중성적이라 과거에 기사단 축제에서 여장을 피로했을 때 엄청난 사태가 벌어졌다는 이야기도 미묘하게 이해가 된다.

수증기 탓도 있겠지만 방심하면 세실리 씨와 함께 있는 것 같은 이상한 기분에 빠질 것만 같았다.

군이 인상이 다른 점을 말하자면 디아레스 씨는 세실리 씨에게서 귀여움을 빼고 미모만 남겨둔 느낌……이라고나 할까.

"후후, 제 얼굴에 뭐라도 묻었습니까?"

"아, 아니요…… 뭐랄까, 디아레스 씨는 가끔 여성적으로 보이기도 한다 싶어서요. 시, 실례인지도 모르겠지만요."

"따지고 보면 어머니의 영향이겠군요."

"소시에 씨의?"

"예전엔 몸가짐과 행동의 교육은 어머님의 역할이었습니다. 그리고 나중에 들어보니 어머니는 여자아이를 원했다고 하더군요."

후계자로 남자아이를 바라는 남편 앞에서 그 바람을 드러낸 적은 없었다고 한다.

그러나 딸에 대한 동경을 버리지 못하고 어머니와 비견되는 미모를 지닌 아들을 남몰래 여자아이의 요소를 더해 키웠다고.

"그 과정에서 밑바탕이 되는 부분에 여성스러움이 배었겠죠. 기다리던 여자아이인 세실리가 태어난 뒤로는 자유롭게 쑥쑥 자랄 수 있었지만 말입니다."

그 뒤로 남자다움을 되찾으며 미남 코스도 더해진 건가.

이 사람도 많은 일이 있었구나…….

"그리고 아까 놀란 건 디아레스 씨가 오늘 온다는 이야기를 듣지 못했던 탓도 있어요."

"제가 오늘 밤 돌아온 것은 집안사람 누구에게도 알리지 않았으니까요."

"이유라도 있나요?"

"볼일이 있어 성으로 가니 조부가 저택으로 돌아갔다는 말을 들었습니다. 무슨 일이 있겠다 싶었는데…… 그랬더니 저택에 보기 힘든 손님이 있더군요."

"죄, 죄송합니다."

"네? 지금 무엇 때문에 사과하신 거죠?"

놀리는 것처럼 대각선 아래 각도에서 물어보는 디아레스 씨.

"버, 버릇 같은 거예요…… 죄송합니다."

"하하하, 그렇게 어색하게 굴지 마시죠. 최근엔 나름대로 친해진 사이가 아닙니까."

최근 나는 기사단 본부에 드나들었다.

그래서 부단장인 디아레스 씨와 친해질 기회도 전보다 많아졌다.

"기사단도 쿠로히코의 조력에 고마워하고 있습니다. 제9금주는 거리가 있어도 상대를 포박할 수 있고, 제5금주는 하늘을 날 수 있으니까요."

전투 특화가 아닌 금주는 그 이외의 상황에서도 활약할 기회가 있다.

디아레스 씨가 손가락 끝으로 내 귀를 건드렸다.

"귀도 밝고요."

"시력이나 청력이 오른 건 그, 금주의 숙주인 탓이에요."

간지럽다.

"후후, 소규트도 기뻐하더군요. 장래가 유망하다면서."

"그, 그런가요?"

사실이라면 기쁘다.

"하하하, 그 사람은 그런 말을 그다지 겉으로 드러내지 않으니까요. ……하지만 쿠로히코에게 기대하는 건 알 수 있습니다. 장래엔 단장 후보가 될지도 모르죠."

"저, 저는 단장을 맡을 그릇이 아니에요. 그거야말로 앞으로 입단할 예정인 도리스 회장에게 어울리지 않을까요?"

"아, 그렇군요…… 그 아이라면 적당할지도 모르겠습니다. 아니, 그런 성격의 아이는 오히려 부단장인 편이 좋을까요?"

마치 도리스 회장의 숨겨진 일면을 알고 있는 듯한 말투였다.

"그런데 쿠로히코는 뭔가 특별한 목적으로 기사단에 드나들고 있었죠?"

가만히 들여다본다.

"……네."

"특급 성유적에 흥미가 있습니까?"

단원들에게 특급 성유적을 물어보고 다녔으니 그의 귀에도 들어갔을 것이다.

이 사람도 다른 의미로 **귀가 밝다.**

"장래에 특급 성유적 공략이 필요해질 것 같아서요."

"흠, 흠, 뭔가 사정이 있는 모양이군요."

숨길 이야기도 아니니 성유적에 잠든 금주의 주문서에 관해 이야기했다.

"아, 그런 사정이었군요."

"그래서…… 졸업 후 입단하고서는 늦겠다 싶어서요."

"그 이야기를 소규트에게는?"

"아직 하지 않았어요. 뭐랄까…… 저기, 소규트 단장님에게 말하면 억지로라도 특급 성유적 공략을 시작하실 것만 같아서."

소규트 단장은 내가 모르는 곳에서 히비가미와 싸웠다고 한다.

그래서 그에게 이야기하면 **지나치게** 협력적이 될 가능성이 있다.

본부에 드나들게 된 이후 그 사람이 얼마나 바쁜지 쉽게 알 수 있었다.

어쩌면 그 마키나 씨보다도 바쁠지도 모른다.

그래서 너무 무리를 주고 싶지 않았다.

"저로서는 기사단 사람의 손을 빌리지 않고 공략하고 싶어요."

"음…… 그럼 만약 인정을 받는다고 해도 혼자서 들어갈 생각입니까?"

"큐리에 씨 정도는 도움을 받을지도 모르지만……."

"음? 세실리는?"

"특급 성유적의 위험도를 봐야겠죠."

학원 쪽에서는 함께 공략반을 맺을 수 없다.

하지만 특급 성유적이라면 같은 공략반이 될 수 있을지도 모른다.

"배려를 받고 있네요, 그 아이도."

디아레스 씨가 뺨에 손을 가져가 턱을 괴는 자세를 했다.

"흠, 흠, 알겠습니다. 저도 쿠로히코가 졸업할 때까지 특급 성유적 공략을 인정받을 수 있도록 나름대로 움직여보죠."

"저, 정말요?"

"결과적으로 세실리의 목숨도 달린 모양이니 당연한 일입니다. 그리고 최근 당신을 보고서 알게 됐습니다만……."

디아레스 씨가 내 머리에 손을 얹었다.

"쿠로히코, 착한 아이니까요."

"고, 고맙습니다."

자신의 노력을 칭찬받는 기분이라 어쩐지 기뻤다.

"이미 들었을지도 모르지만 기사단은 특급 성유적을 주로 전투 훈련용으로 사용하고 있습니다."

"공략은 주목적이 아닌가요?"

"크리스털과 마도구, 성검과 마검과 같은 부산물도 있으니 탐색에 힘을 주는 시기도 있었습니다. 과거의 기사단은 탐색에 대부분의 힘을 쏟았던 시기도 있다더군요."

예전에 성유적 공략이 활발했던 것은 차남 이하가 많았던 탓도 있지만요, 하고 디아레스 씨가 덧붙였다.

"지금의 성수 기사단은 장남이 제법 많습니다. 소규트가 단장이 된 이후로 지원자가 늘었죠. 하지만 그들의 부모인 귀족들 입장에서는 후계자를 위험에 처하게 놔둘 수 없습니다. 저번 사흉재 사건이 일어난 뒤에는 더욱 그런 경향이 강해졌고요."

훈련 목적으로 사용되는 일이 많은 것은 단장의 방침 탓도 있다고 한다.

본격적인 탐색과 조사를 한다 해도 훈련으로 전력을 가다듬고서 할 방침이라고.

견해를 달리하면 특급 성유적에 있는 마물은 그만큼 위험하다는 뜻이기도 하다.

게다가 특급 성유적 공략에 신중한 것은 방금 이야기에 나온 자기 자식을 걱정하는 귀족들을 위한 배려이기도 할 것이다.

그런 이유로 특급 성유적의 《공략》 속도 자체는 느린 편이라고 한다.

디아레스 씨가 젖은 머리카락을 손끝으로 만지작거리며 말했다.

"그러니 사흉재에게 필적하는 금주술사의 전투 능력을 기대해 조사를 겸해 탐색 범위를 넓힌다……는 흐름으로 가져가면 쿠로히코의 탐색도 허락을 받을지도 모릅니다."

머리카락을 집은 채 손끝을 입술에 가져가 음~ 하고 생각에 잠긴 디아레스 씨.

상관은 없지만 역시 행동이 여성스럽다.

"아…… 하지만 그러기 위해서는 유적 공략 능력이 있음을 알리기 위해…… 학원의 성유적에서 어느 정도 수준의 결과를 내두는 편이 좋겠군요."

"학원의 성유적은 금지가 풀리면 바로 들어갈 생각이에요."

"제 최고 도달 기록을 넘으면 검토 시에 좋은 재료가 될 겁니다. 후후, 힘내시죠."

"네."

"그리고…… 5대 공작가와 성왕가의 지원을 얻을 수 있으면 좋을까요? 특히 성왕님께서 인정해주시면 기사단도 지원하기 쉽습니다. 일단 기사단은 왕의 승인을 얻고서 특급 성유적 출입을 허락받은 형식이니까요."

그러고 보니 성왕님께서 날 만나고 싶어 한다는 이야기를 마키나 씨에게서 성무제가 끝난 뒤에 들었던 것 같다.

그쪽 방면으로도 뭔가 행동을 해야 할까.

음, 하고 신음했다.

"역시 인맥이라든가 교섭이 중요하네요……."

"귀족 사회는 특히나 그런 경향이 있죠. 뭐, 어느 세계든 아는 사람이 있고 없고 만으로 대응이 제법 달라지기도 하니까요."

"저는 그런 게 서툰 편이라서요…… 적과 싸우는 건 잘하지만요."

"서툴다면 주변 사람에게 기대도 됩니다. 제가 아는 범위로도 쿠로히코의 인맥은 이미 놀라울 정도로 넓고 깊은 인상인데요."

쓴웃음을 짓는 디아레스 씨.

그런가?

그다지 의식한 적은 없지만…… 마키나 씨라든가?

아, 맞다. 실은 샤나 씨도 제법 지명도가 굉장한 사람이었지…….

그 외에는…… 누가 있었지?

아, 그러고 보니.

아는 사람이라고 하니까.

디아레스 씨는 로키아와 면식이 있는 것 같았지.

여기서 한 번 물어볼까?

로키아 쪽은 디아레스 씨를 피하는 모양이었는데…….

"저, 디아레스 씨."

"네?"

"실은 말이죠, 어떤 남자와의 관계에 대해……."

그때 욕실 문이 열렸다.

"어?"

나는 눈과 입을 벌리고 굳어버렸다. 뿌연 수증기 너머로 모습을 드러낸 것은.

"세실리 씨?!"

"오라버니?!"

몸에 수건을 두른 채 디아레스 씨의 존재에 깜짝 놀라는 세실리 씨였다.

"정말! 오라버니의 옷이 깔끔하게 개어 있어서 하나가 쿠로히코 입으라고 준비한 거라고 생각했잖아요!"

으르렁 화를 내며 오빠를 문 쪽으로 떠미는 세실리 씨.

"그리고! 돌아왔으면 제게 한마디 하셔도 되지 않나요?"

"돌아오자마자 조부께 들키는 게 싫어서…… 반톤과 하나에게만 알리고 살짝 들어왔거든요."

디아레스 씨는 가이덴 씨가 불편한 건가.

"그보다 세실리. 한쪽은 친오빠라지만 당신이 남자 둘이 있는 욕실에 들어오는 게 문제가 아닌가요? 남자가 있는 욕실에 옷을 벗고 들어오다니 조심성이 없잖아요."

"알몸을 드러낸 것도 아니잖아요. 무엇보다 쿠로히코와는 문제없는 사이에요! 오라버니 이상으로!"

아니, 문제 있습니다만.

"음? 이거 꽤 사이가 가까워진 모양이군요?"

"흠~ 누가 뭐래도 우리는 부부니까요."

"오늘뿐인, 장난이지만요."

곧바로 내가 설명을 덧붙였다.

"그렇군요."

다양한 의미가 담긴 디아레스 씨의 《그렇군요》.

"그러니 오라버니는 방해하지 말아 주시겠어요?"

"후후후, 이렇게 감정이 풍부한 세실리는 오랜만에 보는군요. 이게 다 쿠로히코 효과인가요?"

디아레스 씨는 그런 식으로 유쾌한 듯이 웃으며 그대로 욕실에서 쫓겨나고 말았다.

"후우. 저, 저기…… 우선 머리와 몸을 가볍게 씻을 테니 쿠로히코는 잠시 기다려주시겠어요?"

"잠깐만요, 잠깐 기다려주세요!"

"네?"

"이제야 끼어들 타이밍이 와서 말하는 건데, 어째서 태연하게 수건 한 장만 걸치고 들어온 건가요?!"

"흐흠~ 아니요, 천 한 장이 아니에요."

"왜 거기서 의기양양한 얼굴을……"

"수건 한 장이 아니라는 말은……"

세실리 씨가 고개를 숙여 수건으로 가려진 가슴께를 내려다보았다.

그리고 수건이 풀리지 않도록 묶은 부분으로 손을 가져갔다.

"이런 뜻이에요."

"자, 잠깐! 세실리 씨?! 무슨……?"

펄럭, 수건이 바닥으로 떨어졌다.

"……어라?"

수, 수영복?

"짠~! 물놀이 옷이에요!"

어깨끈이 없는 수영복…… 아, 이쪽 세계에서는 물놀이 옷이라고 불렀던가.

어쨌든 거기에 나타난 것은 물놀이 옷을 입은 세실리 아크라이트였다.

아, 수건이 검은색이었던 것은 물놀이 옷의 붉은색을 감추기 위해서였군요…….

"놀랐나요?"

남매가 똑같이 사람을 놀라게 하는 것이 취미인 걸까.

"에이, 쿠로히코, 뭐, 뭐라고 말해보세요."

"그보다…… 무, 물놀이 옷을 입어도 자극이 너무 강한 건 마찬가지인데요."

뚱하게 뺨을 부풀리고서 검지를 세운 세실리 씨.

"시라스 욕장에서도 같은 욕실에 들어갔으니 이제는 괜찮지 않나요?"

"아니, 그 《이제는》이 세실리 씨에겐 통하지 않는 경우가 많다고요……."

"그건 그것대로 기쁘지만요."

"그렇게 기뻐하셔도…… 그래서 왜 일부러 물놀이 옷을 입으면서까지 여기에?"

"후후, 그렇게 묻기를 기다렸어요! 역시 금주술사네요!"

금주술사인 것은 딱히 상관없지만요.

세실리 씨가 벽 선반에 정돈된 작은 병 하나를 꺼냈다.

그리고 그 내용물인 연녹색 액체를 손바닥 위에 주르륵 흘렸다.

생긋 미소 짓는 세실리 씨.

"모처럼이니 사랑하는 남편의 몸을 씻겨드릴까 해서요."

……네?

세실리 씨가 욕실 의자에 하얀 엉덩이를 올렸다.

말캉, 부드러운 둔부의 형태가 변화했다.

"자…… 그럼 여보? 뒤를 돌아보세요."

갑자기 가까워진 가슴 계곡으로부터 시선을 피한 나는 엉뚱한 방향으로 고개를 돌렸다.

"쿠로히코?"

연기를 거둔 듯한 세실리 씨가 얼굴을 붉히며 쓴웃음 지었다.

"정말…… 저, 저도 이렇게 막상 하려면 꽤나 부끄럽다고요…… 협력해, 주시겠어요?"

꾸벅 고개를 숙이는 세실리 씨.

그, 그렇군.

태연한 것처럼 보이지만 세실리 씨도 긴장한 건가.

"아, 알겠어요……."

"후후, 아니면? 우리 남편은…… 앞쪽을 씻겨줬으면 하는 건가요? 응?"

"드, 등을…… 부탁합니다!"

단칼에 다급히 등을 돌리고 다른 의자에 앉았다.

"네~ 착하네요~."

뭘까, 이 상황은.

내가 지금 뭘 하는 걸가.

정말이지 예측 불가.

매끈하고 부드러운 수건이 등을 간질이듯 쓸었다.

시야에서 세실리 씨가 사라진 덕분에 심적으로는 다소 편해졌지만.

"……이거 세실리 씨 생각인가요?"

"아니요, 어머님 제안이에요. 젊었을 때 무뚝뚝했던 아버님께 이렇게 해서 피부 노출에 대한 저항감을 낮췄다고 해요."

"소시에 씨의 생각이라고 말하지만…… 세실리 씨, 스스로 받아들인 부분도 있지 않나요?"

"음, 우후후…… 드, 들켰네요. 하지만 이런 일은 쿠, 쿠로히코 이외의 사람에게는 하지 않는다고요."

여유만만하게 보이지만 손의 움직임이 뻣뻣하고 불안정한 호흡 등을 알게 되니 세실리 씨도 그다지 여유롭지 않다는 것을 알 수 있었다.

"세실리 씨, 너무 무리하는 것 아닌가요?"

"그러니까 그건……."

우물쭈물한 느낌이 전해져온다.

"이곳에 머물 때 정도는…… 조, 조금이라도 쿠로히코와 둘만의 시간을 보내고 싶어요."

"그렇게 직설적으로 말하면 일반적으로 사랑스럽게 느껴지니 봐주세요."

"에, 에헤헤."

기뻐하는 목소리.

……뭐, 세실리 씨가 기뻐한다면야.

"……."

최근 상대가 기뻐해 준다면 일단 용서하고 마는 자세가 배인 것만 같다.

달관의 한숨을 쉬었다.

"부드럽게 부탁드려요."

"후후후, 제 손은 부드럽다고요. 봐요."

어?!

"잠깐?! 어어, 어딜 만지는 건가요?!"

"네? ……아아앗! 죄죄, 죄송해요!"

시끌벅적 목욕 이벤트를 간당간당한 목숨으로 마친 나는 그대로 세실리 씨와 둘이서 식당으로 돌아와 수분을 보충했다.

수분을 섭취해 목을 적신 후, 나는 혼자서 자신의 방으로 돌아갔다.

뒤늦게 세실리 씨도 지나치게 분위기에 휩쓸렸다고 반성했는지, 욕실에서 나올 때는 어쩐지 얌전해졌다.

복도에서 헤어질 때 「제 방에 몰래 오셔도 괜찮아요」 하는 말을 들었지만, 물론 갈 생각은 없다.

만약 내가 여기서 흥분해 세실리 씨의 방에 돌진할 배짱이 있다고 생각한다면 정말이지 큰 착각이다.

설령 배짱도 없다는 소리를 들어도 내게는 도저히 무리다.

그렇게 힘없이 자신의 방으로 도망친 나는 낮에 저택을 안내받을 때 아크라이트 가문의 서고에서 빌린 책을 읽기로 했다.

침대 위에 앉아 페이지를 넘겼다.

제목은 『왕도의 궤적』.

역사서 종류일까.

언젠가 성왕님을 만난다면 이 왕도의 역사 정도는 배워둘 필요가 있을 것이다.

으, 음…… 그나저나 서술자인 귀족 시점의 묘사가 유난히 기네…….

이쪽 세계의 역사서는 이런 느낌일까?

"음, 어디, 어디? 『그 아름다운 여성이 다른 사람의 아내임을 알면서도 나는 벌레를 부르는 꽃의 꿀과도 같은 그녀의 아련하고도 달콤한 향기에…….』"

이 얼마나 일그러진 궤적이란 말인가.

"그보다 이거…… 뭔가 이상한데? 어디……『내 짐승처럼 두꺼운 입술과 혀는 달콤한 향기를 내는 그녀의 사지를 희롱하듯 탐닉하면서, 가늘고 하얀 그녀의 목덜미에서 아래쪽으로 그 궤적을 옮기며…….』"

반사적으로 책을 던졌다.

뒤늦게 빌린 책이라는 사실을 깨닫고 다급히 주우러 갔다.

"휴……."

일단 접히거나 찢어지지 않은 듯하다.

응? 커버가 미묘하게 벗겨졌는데……?

홀쩍 넘겨보았다.

커버와 그 안쪽 표지의 제목이 달랐다.

예전 세계에서는 사라진 문화라고 들었는데 이세계에서는 현역 속임수 기술로 사용되고 있던 것인가. 이쪽 세계에서는 커버가 있는 책은 수가 적어 비싸다고 들었는데 설마 이렇게 사용되고 있을 줄이야…….

그보다 아크라이트 가문의 누가 소유하던 물건일까.

"하아…… 어쩐지 갑자기 피곤해졌네…… 그만 잘까……."

맥이 빠져 이불 안으로 파고들었다.

생각했던 것보다 긴장했었는지도 모른다.

마음을 편히 먹은 순간, 이내 졸음이 몰려왔다.

어쩐지 눈이 떠졌다.

방은 어둡다. 아직 밤인 듯하다. 식은땀이 흐르는 기분이
들었다.

나는…… 천천히 눈을 감았다.

…………분명 꿈이겠지.

그렇지 않으면…… 내 옆에 소시에 씨가 잠들어 있는 상황
을 전혀 설명할 수 없다.

부탁이야. 누가 내게 설명해줘.

눈을 감아도 코가 포근한 타인의 향기를 맡는다.

확실히 그녀가 옆에 있다. 꿈이 아니라 현실의 존재로서.

영혼만 빠져나왔다는 설도 기각.

어째서지? 어째서 소시에 씨가 내 옆에서 잠들어 계신 거야?

낮에는 깨어난 나를 놀리기 위해 준비하셨던 것 같은데……

지금은 확실히 평범하게 주무시는 것 같은데…….

"으음."

윽?

아, 다리를…… 내 다리에 휘감는다? 게다가 몸이 가까워지고…… 큭.

그렇게 안는 듯한 움직임을 하면, 가, 가슴이 닿아서……이 사람, 의외로 잠버릇이 나쁜 타입인가?

"저기, 소시에 씨……."

"하음."

"……어? 흐, 아……!"

귀, 귀를?!

귓불을 부드러운 입술로 부드럽게 깨물렸다.

자, 잠깐만…….

"우물우물…… 할짝할짝…… 하음…… 할짝…… 오물오물오물……."

게다가 혀로 핥기까지…….

이, 인제 그만…… 이건 곤란하다!

이거, 상당히 약할, 지도……?!

그렇다. 나는 귀가 약한 모양이었다.

큭! 의도적이든 아니든 더는 무시할 수 없어!

"소시에 씨."

나는 눈앞의 요염한 몸체를 밀어냈다.

"무, 무슨 생각이세요?! 그보다 진짜로 잠드신 건가요?!"

"아!"

소시에 씨의 눈이 번뜩 떠졌다.

"어머? 쿠, 쿠로히코 씨……?"

나는 밤중이라 목소리를 낮춰 속삭이면서도 격렬하게 항의하는 기술을 선보였다.

"《어머? 쿠, 쿠로히코 씨……?》할 때가 아니라고요! 이런 밤중에 제 침대에 들어오다니 뭐 하시는 건가요?!"

"어머머."

"구렁이가 담 넘어가려는 듯한 《어머머》는 그만두세요!"

음량을 내게 맞추듯 소곤소곤 이야기를 시작한 소시에 씨.

"쿠로히코 씨의 평온하면서도 귀엽게 잠든 얼굴을 바라보고 있자니 깨우기 미안해져서…… 그대로 그만 옆에서 잠들고 말았네요. 아무래도 나도 모르게 깜빡 잠들어버렸나 봐요."

"저는 이런 밤중에 이 방에 들어오신 이유를 여쭙고 있는 건데요?"

"쿠로히코 씨, 낮에 이 침대 위에 앉은 제게 뭔가 말하려 했었죠? 중간에 세실리가 들어와 흐지부지됐지만요."

그렇군. 그 이야기를 들으러 왔다는 말인가.

성실하다면 성실하지만.

그래도 평범하게 깨워줬으면 했다.

이곳은 소시에 씨가 사는 저택이니 멋대로 들어온 것을 탓하는 것도 뭔가 아닌 것 같기도 하고……

"후후후, 그럼…… 그때 못한 말을 들어볼까요?"

당시 상황에 맞춘 것인지 밝은 미소로 무릎을 꿇고 앉는 소시에 씨.

어째서인지 나도 따라 무릎을 꿇었다.

서로 정좌로 마주한 상황이다.

……잠옷이 제법 얇은 것은 신경 쓰이지만 강철과 같은 정신으로 신경 쓰지 않도록 하자.

그래, 예를 들어…… 그 베슈검과 대치했을 때의 느낌을 떠올리자.

"소시에 씨."

"히이익……."

"아."

"쿠, 쿠로히코 씨……?"

미소가 굳어버린 소시에 씨가 몸을 멀리하며 바들바들 떨었다.

아, 이런. 너무 기합을 넣은 모양이다.

베, 베슈검을 상대할 때의 느낌은 좀 곤란하지.

그건 《적》을 앞에 뒀을 때의 느낌이다.

"죄, 죄송합니다. 지금은 좀 긴장해서…… 어, 어흠."

분위기를 누그러뜨리려 헛기침을 했다.

"저기, 말이죠…… 세실리 씨나 큐리에 씨가 평소에 하지 않을 행동을 할 때는 항상 소시에 씨의 이름과 영향이 나왔어요."

"그렇군요…… 쿠로히코 씨는 그게 마음에 들지 않았던 거군요…… 죄송해요……. 제 나름대로 그 아이들을 응원하고 싶었는데…… 훌쩍훌쩍…… 흑흑……."

"아, 아니요…… 딱히 항의하는 건 아닌데…… 아니, 그게 아니라…… 아니, 항의하고 있는 겁니다."

"후후후, 역시 쿠로히코 씨는 자상하…… 흐에에엑?!"

울상이 된 소시에 씨가 움찔 물러났다.

용서를 받는 흐름이라고 착각한 모양이다.

아, 위험해라…….

이 사람의 딸 덕분에 거짓 울음을 알아보는 감각을 단련하길 잘했다.

하지만 너무 강하게 말하면 미안하다고 느낄 정도로 거짓 울음이 통했던 건가…….

안 된다. 난 역시 쉬운 녀석인 걸까…….

"소시에 씨의 가르침은 가, 간섭이 지나치세요."

눈에 살며시 눈물을 떠올린 채 혼나는 어린아이와 같은 모습으로 가슴 앞에서 손끝을 통통 튕기는 소시에 씨. 당신 도대체 몇 살인가요?

"하, 하지만…… 그 아이들은 그러지 않으면 진전이 있을 것 같지가 않은걸요. 무, 무엇보다 쿠로히코 씨가 수비적인 인상이어서…… 후후, 그리고……."

"엇?!"

얌전해졌다 싶었기에 완벽히 허를 찔렸다.

포근히 감싸듯 소시에 씨가 나를 밀어 쓰러뜨렸다.

"남성으로서…… 제법 좋은 추억이 생겼죠?"

"조, 좋은 추억이라니……."

"그 두 사람은 르노우스레드의 양대 미녀라 불러도 부정할 사람은 없을 거예요. 적극적으로 다가오는데 기쁘지 않을 리가 없잖아요. 애초에 말이죠, 아무리 제가 간섭했다 해도……."

들쳐진 옷자락에서 엿보이는 하얀 허벅지.

귓가를 간질이는 옷자락 쓸리는 소리와 함께 내 다리 사이로 그것이 들어왔다.

내 목덜미에서 턱으로 이어진 라인을 소시에 씨의 손끝이 쓰다듬었다.

"상대에게 호의가 없다면…… 그 아이들은 실행하지 않았을 거라고요."

벌레가 기어가듯 간지러운 느낌이 도달한 곳은, 입술.

"쿠로히코는 그렇게 생각하지 않나요?"

내 입술에 손가락을 대고서 요염하게 미소 짓는 소시에 씨.

청초함과 요염함이 뒤섞인 표정.

입술에 손가락을 댄 것은 굳이 대답을 들을 생각이 없다는 의사 표명일까.

……이 손끝의 느낌, 내 입술보다 부드러운 것 아닐까?

"무, 무슨 말씀인지는 알겠지만……."

다시 말해 그 두 사람은 억지로 하는 것이 아니라는 뜻이다.

뭐, 세실리 씨는 소시에 씨의 제안을 구실삼아 나서서 했다고 자백했기도 하고…….

소시에 씨의 손목을 살짝 붙잡고서, 놓았다.

"질문 하나 해도 될까요? 소시에 씨는 어째서 제게 유독 유혹적이신가요?"

"후후후, 나쁘지 않으니까요. 처음엔 여자의 유혹에 지기 쉬운 가벼운 남자인지를 알아볼 의도도 있었지만요."

"저기…… 나쁘지 않았다는 말씀은?"

"자상함만이 장점인 아이인가 싶었는데 제게도 강하게 나올 땐 강하게 나올 수가 있잖아요. 후후…… 여자와 밀착한 상황을 참는 얼굴도 멋지네요? 쿡쿡…… 제대로 남자구나 싶어요."

후후, 하고 자신의 매끄러운 뺨에 손가락을 올린 소시에 씨.

"그런 아이를 놀리며 반응을 보고 싶은 건 당연한 욕망이 아닌가요?"

"저로 시험하시지 않아도…… 젊은 남자라면 디아레스 씨나 지크도 있잖아요."

"하지만 디아레스는 남자다움이 적은 데다 비뚤어졌고……."

친아들이 비뚤어졌다고 인정하다니…….

"지크는 뭘 해도 반응이 없는 데다 제가 너무 놀리면 로로아에게 미안하기도 하고……."

로로아라는 사람은 아마도 지크가 좋아한다는 그 여성일 것이다.

"그런 점에서 쿠로히코 씨는 반응이 솔직해서 즐거워요. 후후…… 그래서 저로서도 꼭 세실리와 이어져 우리 아들이 되어줬으면 좋겠네요."

"너, 너무 지나치시다고요……."

"아, 그렇다고 큐리에와의 사이를 신경 쓸 필요는 없어요. 그 아이와도 친하게 지내줘야 해요."

거의 말에 올라탄 자세로 내 뺨을 매끄러운 손으로 쓰다듬는 소시에 씨.

"쿡쿡…… 제 아들이 된다면 많은 걸 해줄 수도 있어요. 바란다면 자안뜩 어리광을 받아줄 수도 있어요. 후후. 혹시 우리 쿠로히코가 부끄러워하는 걸까? ……저기, 쿠로히코 씨?"

"네?"

뭔가를 깨달은 모습의 소시에 씨가 갑자기 원래대로 돌아왔다.

그녀는 의아한 듯이 고개를 갸웃했다.

"저기, 왜 그래요? 어쩐지 상태가……."

"아, 저기…… 저는 부모님께 사랑을 받는다는 느낌이 뭔지 잘 몰라서."

"어머."

소시에 씨의 분위기가 조금 달라졌다.

그녀는 내 위에서 내려와 다시 무릎을 꿇고 앉았다. 나도 상반신을 일으켰다.

"조금 복잡한 집안 사정이 있나 보군요?"

"하하하, 뭐…… 부모의 기대에 부응하지 못했으니 아이로서는 역할이 끝난 느낌이었을까요……."

"그러고 보니 쿠로히코 씨의 부모님은 지금 어디에?"

나는 조금 말문이 막혔다.

"······이제 만날 일은 없을 거예요."

표정에서 무언가를 알아차렸는지 배려하는 표정을 한 소시에 씨.

"그렇군요······. 당신도 많은 일이 있었나 보네요. 그러고 보니 예전에 그 아이가······ 힐기스도 자주 그런 표정을 했었는데."

그러나 그 이상 깊게 파고들 질문을 할 생각은 없는 듯했다.

소시에 시가 생각에 잠기며 음음~ 하고 귀여운 소리로 신음했다.

"그럼 제가 되어 드릴까요?"

"······네?"

자애에 찼다는 표현이 딱 어울리는 눈매를 한 소시에 씨.

"어머니에게 사랑받는 느낌을, 저를 통해 알아보는 것도 나쁘지 않잖아요? 하지만 저와 쿠로히코 씨라면······."

무릎을 세워 내 쪽으로 다가온다.

"조금은 특수한 관계성도 섞일지도 모르겠지만요. 후후······ 쿠로히코는 그래도 좋아?"

······마지막 말은 확연하게 놀리는 느낌의 말투였다. 하지만.

"······."

솔직히 넋을 놓고 말았다.

넋을 놓고 만 것은 아마도 보석이라 불리는 딸에 필적하는 아름다움 때문만은 아닐 것이다.

여성 특유의 발산되는 요염함도 아니다.

지금 소시에 씨에겐 신기한 따뜻함이 있었다.

예를 들어 포용력이라는 것이 바로 이것인지도 모른다.

모든 것을 받아들여 감싸주는 느낌.

안심하고 몸과 마음을 맡길 수 있는 느낌.

그러고 보니 미아 씨에게서도 자주 이런 분위기가 흘러나왔지…….

마치 빨려들 것만 같은…….

"자, 쿠로히코. 아무 생각하지 않아도 되니까……."

이리 오라는 듯이 소시에 씨가 두 손을 벌렸다.

"내 품으로 오렴."

"뭐 하고 계세요? 어머님."

"어, 어머……?"

표정이 굳어버린 소시에 씨의 뺨으로 식은땀이 흘렀다.

"쿠로히코의 방에 들어와 보니…… 이게 대체 어떻게 된 일인가요? 설명을 부탁드려요, 어머님."

정신을 차리고 고개를 돌리니 그곳에 있는 것은…….

"세실리 씨?"

잠옷 차림의 세실리 아크라이트였다.

웃는 얼굴이었지만 뿜어져 나오는 아우라는 이질적이었다.

시커멓고, 질척질척한, 다크 매터…….

바, 박력이, 다르다.

나는 그때 한 가지 가설에 도달했다.

실은 생긋 웃으며 위압을 거는 저 기술은 어머니에게서 물려받은 것이 아니라…… 딸이 먼저인 것이 아닐까 하는 가설이.

"어머, 세실리, 괜찮은가요? 적은 수면은 피부 미용에……."

"쿠로히코의 침실에서 어머니가 무엇을 하셨는지…… 여쭙고 있는 건데요."

"히이익?! 세, 세실리?! 그, 그렇게 무서운 분위기를 내는 아이였니?!"

이번에도 밑바탕이 나왔다고요, 세실리 씨…….

소시에 씨는 그대로 불같이 화내는 딸에 의해 강제 퇴출당했다.

딸의 미소 120퍼센트 위력에 전율하며 울상이 된 소시에 씨에게서 저항의 의사를 찾아볼 수 없었다. 어쩐지 세실리 씨가 괴롭힌 수준으로 풀이 죽은 모습이었다.

그리고 잠시 복도에서 이야기하는 소리가 들렸지만…… 결국 두 사람은 되돌아오지 않았다.

……후우.

그만 분위기에 휩쓸릴 뻔했지만, 이걸로 편히 잠들 수 있을 것 같다.

나는 다시 이불 속으로 들어가 눈을 감았다.

"……."

어머니라.

저런 어머니와 딸을 보고 있으면 조금 부러워진다.

"……어라?"

그러고 보니.

아까 세실리 씨가 내 방을 찾아왔다고 말했는데…… 이런 밤중에 무슨 일이었을까?

더, 덮치려고?

에이, 설마…….

다음 날, 나는 정오를 지나서 아크라이트 모녀와 외출하게 됐다.

오늘은 거리에서 쇼핑과 식사를 하기로 했다.

식사를 마침과 동시에 그대로 숙박 기간도 종료가 될 것 같다.

"후후, 앞으로도 계속 저택에 머물러도 괜찮아요. 저도 정말 환영하고요."

세실리 씨는 그런 식으로 농담을(농담 맞죠?) 했지만 역시 계속 아크라이트 저택에 머물 수는 없다.

쾌적했지만 역시 익숙해진 우리 집이 더 편한 법이다.

참고로 나는 지금 외출 준비 중인 세실리 씨를 마차 앞에서 기다리는 참이다.

시간은 정오를 지난 정도지만 이미 피로가 몸을 짓눌렀다.

지금까지 다양하고 피곤한 일이 너무 많았기 때문이다.

이른 아침 일어난 나는 아크라이트 저택의 넓은 정원과 훈련용 무기를 빌려 훈련했다.

훈련은 일과라서 다른 곳에서 숙박한다 해도 빠지고 싶지 않았다.

뭐, 여기까진 괜찮았다.

정원을 관리하는 반톤 씨와 나눈 이야기도 평온해서 즐거웠다.

문제는 그다음이었다.

훈련 후 씻기 위해 욕실에 갔는데 어째서인지 내가 있는 줄 모르는 느낌의 소시에 씨가 욕실로 들어왔다.

간신히 욕실은 빠져나왔지만 여러 가지 착오로 어째서인지 내가 갈아입을 옷이 사라져, 결국에는 알몸 상태로 예비 옷이 있는 방까지 돌아가야 하는 미션에 도전하게 됐다. ……정말로 큰일이었다는 것은 말할 필요도 없겠지.

게다가 아침 식사 자리에서는 아크라이트 모녀가 양쪽에서 《아앙》 공격으로 달콤하면서도 무서운 협공하는 바람에 쩔쩔매는 형국도 있었다.

그리고 정오가 지나서는 세실리 씨와 둘이서 훈련을 했지만 소시에 씨가 《저도 몸을 지키기 위해 검을 배우고 싶어요~》 하고 참가했다.

소시에 씨는 의외로 진지하게 했지만 딸과 다르게 상상 이상으로 운동이 서툰 모양이라…… 이게 또 큰일이었다.

그렇게 나는 지금 살짝 핼쑥해진 상황이다.

"고마워요, 쿠로히코 씨."

옆에 산뜻하게 선 소시에 씨가 갑자기 그런 말을 건넸다.

"네? 가, 갑자기 무슨 말씀이세요? 아, 방금 훈련의……."

"후후후, 그것도 있어요. 쿠로히코 씨…… 그렇게 몇 번이고 밀착했으니 슬슬 제 몸의 선을 기억하신 것 아닌가요?"

"……"

"부끄러운가요? 후후, 귀여워…… 그건 그렇고."

눈매가 자연스럽게 누그러진 소시에 씨.

"저택에서 그렇게 즐거워한 세실리는 오랜만에 봤어요."

"하하하…… 뭐, 활기차긴 했죠."

확실히 활기로 가득했다. 하지만 평소의 세실리 씨와 별로 다르지 않은 것도 같았다.

평소 저택에 있을 땐 그렇지도 않은 걸까?

"쿠로히코 씨와 만난 뒤로 그 아이는 확실하게 변했어요. 성무제 중에는 조금 쓸쓸해 보였지만요."

성무제 중에는 아이라 씨와 거의 함께 있다시피 했고 무학 년급에서는 라이벌 관계이기도 했다.

그래서 조금 거리감이 있었던 것은 부정할 수 없다.

나도 성무제 중에 일종의 쓸쓸함이 없었다고는 말할 수 없다.

……아, 그렇구나.

세실리 씨가 유난히 활기찼던 것은 성무제의 반동도 있었을 지도 모른다.

"디아레스도 놀라더라고요. 오늘따라 동생이 다른 사람인 것 같다면서."

참고로 디아레스 씨는 기사단 본부에 가기 위해 아침에 저택을 나섰다.

정원에서 훈련하는 나에게 말을 걸어주었기에 그때 인사를 마쳤다.

"아, 그리고 디아레스는 그렇게 보여도 속이 꽤 시커먼 면이 있으니까 조심해야 할지도 몰라요."

슥, 손가락을 세우며 알려주는 소시에 씨.

아크라이트 일족이 다 그렇잖아요……. 어쩌면 저마다 본인만 깨닫지 못한 것은 아닐까.

"기다리셨죠?"

세실리 씨의 준비가 끝난 모양이다.

오늘도 어제와는 다른 의상.

팔찌에 목걸이. 머리에는 세련된 헤어밴드도 했다.

귀엽기는 귀엽다.

다만 뭐랄까…… 대체 뭘까, 이 느낌은.

평소와 비교하면 지나치게 꾸민 인상도 부정할 수 없다.

그만큼 신경 썼다는 뜻일까.

"다녀오십시오."

세실리 씨를 따라온 하나 씨가 마중하며 고개를 숙였다.

"하나 씨, 어제오늘 감사했어요."

"아니요, 고맙다는 말씀은 송구합니다. 오히려 쿠로히코 님은 부탁이 너무 없으실 정도입니다."

이른바 《사람을 부린다》는 것은 나와는 어울리지 않는지도 모른다.

스스로 할 수 있는 일을 남에게 부탁하는 것은 어쩐지 거북하다.

"그리고 가이덴 님께서 세실리 님과 쿠로히코 님 두 분께 전언을 부탁하셨습니다."

가이덴 씨는 어젯밤에 마차로 성으로 돌아갔다고 한다.

어제는 정말로 저녁 식사를 위해서만 돌아왔던 듯하다.

전언을 말하기 직전, 하나 씨가 힐끔 나와 세실리 씨를 보았다.

그리고 조금 부끄러운 듯이 말했다.

"『개인적으로는 빠르면 빠를수록 기쁘지만, 아이를 만드는 건 학원을 졸업한 뒤가 좋을 거다』라고 하셨습니다."

"하지 않아요!"

"할아버님!"

나와 세실리 씨는 거의 동시에 새빨개진 얼굴로 소리쳤다.

이미 마차에 탔던 소시에 씨가 살짝 고개를 내밀고서 입에 손을 가져가 미소 지었다.

"어머나."

아크라이트 모녀와 숙박 이틀째의 쇼핑과 식사를 마친 나는 마차로 학원 정문 앞까지 배웅을 받았다.

헤어질 때, 나는 소시에 씨에게서 들었던 부부 놀이를 전혀 실천하지 못했던 사실을 깨달았다. 그러나 소시에 씨는.

"아니요, 전 이번 이틀로 충분할 정도로 두 사람의 부부상을 볼 수 있었답니다."

하고 어째서인지 만점 평가를 내렸다.

처음에만 발생했던 부부 연기 이벤트는 머리에서 확실히 사라지고 말았는데…… 처음의 그건 위협처럼 보인 농담일 뿐, 딱히 연기하지 않아도 괜찮았던 걸까?

딸에 이어 마차에 오르기 전, 소시에 씨가 돌아보았다.

"우후후, 어머니에게 어리광부리고 싶어지면 언제든 와도 괜찮아요. 특히…… 세실리ㅎ가 없을 때면 잔뜩……."

"어머님."

"어머나, 귀가 밝은 아이네."

똑똑히 들었던 딸에게 확실히 꾸중을 들었다.

"그럼 쿠로히코, 조만간 다시 봐요."

"네. 어제와 오늘은 즐거웠어요. 고마웠습니다."

"후후, 고마운 건 저예요."

세실리 씨와 헤어진 나는 마차를 지켜본 뒤 집으로 돌아갔다.

익숙한 귀갓길.

아크라이트 저택에서 지내는 동안은 꿈을 꾸는 것만 같은 심정이었다.

노을이 다가오는 하늘을 올려다보았다.

층층이 이어진 구름이 느릿느릿 하늘 위로 흘렀다.

"가족이라는 건 좋네."

문득 그 한 마디가 흘러나왔다.

르노우스레드 중에서도 이른바 일반적인 가정이라고는 말

하기 어려울지도 모르지만, 어머니와 오빠, 할아버지와의 관계가 부럽게 느껴졌다.

서로 투덜거리긴 해도 그 바탕에서는 무척 사이가 좋은 것을 알 수 있었다.

그 가족의 일원으로 보낼 나날은 즐거울 것 같았다.

그렇게 생각할 정도로 좋은 사람들이었다.

"조금 피곤하긴 하지만……."

그렇게 쓴웃음을 지으며 집의 문을 열었다.

"다녀왔습…… 하고 말해도 아무도 없겠지만."

"어서 오십시오, 쿠로히코 님."

아니, 있었다.

목소리가 들린 것은 욕실 쪽이었다.

팔을 걷은 미아 씨가 탈의실에서 얼굴을 내밀었다.

"죄, 죄송합니다. 욕실 청소를 하고 있었습니다만 쿠로히코 님께서 돌아오기 전에 끝낼 수 없었습니다."

입가가 부드러워진다.

그런 가족은 없지만 가까운 존재라면 있다.

나도 소매를 걷었다.

"쿠, 쿠로히코 님?"

"저도 도울게요."

제2장 성왕가

하기휴가 중에도 학원 건물은 개방된다.

다만 성무제가 끝났기에 고향으로 돌아가기 위해 일시적으로 왕도를 떠난 학생이 많았다.

학원 내의 복도에서 마주치는 후보생도 평소의 절반 이하인 것 같았다.

"아, 쿠로히코!"

종종걸음으로 다가온 사람은 사복 차림의 아이라 호른이었다.

참고로 휴가 중에는 제복 착용이 의무가 아니다.

"아이라 씨, 벌써 돌아오셨나요?"

"어제 돌아왔어. 다녀왔어~."

성무제가 끝나고 아이라 씨는 호른 가의 영지에 있는 저택으로 돌아갔다.

솔직히 그 고백 일이 있었기에 그 직후에는 어떻게 대해야 좋을지 망설였다.

그러나 아이라 씨는 전과 다름없이 밝고 활기차게 대해주었다.

그래서 나도 이전처럼 대할 수 있었다.

그녀에게는 고마워해야겠지.

"오늘은 훈련하러 왔어. 훈련장을 빌려서 레이도 부를까 하고."

학원 안은 이런저런 시설이 갖춰져 있다.

수업이 없어도 이렇게 훈련 등의 목적으로 찾는 후보생이 많다고 한다.

이전에 인터넷에서 얻은 지식이지만 예전 세계의 대학도 그런 느낌이라고 했지.

휴가 기간에도 식당에 사람이 있기도 하고 대학 내부 공간에서 먹기도 하고 서클 부실에 모이기도 하고 독서실에서 책을 읽기도 하고.

참고로 평소의 아이라 씨처럼 학원 부지 내에 있는 기숙사에서 통학하는 후보생일수록 학원 시설 이용률이 높다고 한다.

"어, 쿠로히코잖아."

"아, 레이 선배."

복도 맞은편에서 레이 선배가 나타났다.

"이야기 들었어. 귀족 지역에 있는 아크라이트 저택에서 자고 왔다며?"

아이라 씨가 당황했다.

"잠깐, 레이! 난 그런 개인적인 생활에 파고드는 이야기는 좋지 않다고……."

"네, 그랬어요."

내가 간단히 대답하자 아이라 씨와 레이 선배의 눈이 휘둥그레졌다.

레이 선배가 어쩔 수 없다는 듯이 어깨를 으쓱였다.

"그 모습을 보면 단번에 진전이 있지는 않았던 모양이네. 뭐, 쿠로히코니까."

"으, 무슨 의미인가요?"

"그야 그렇게 말하는 걸 보면 아무 일도 없이 평범하게 자고 온 거지?"

이 반응…… 나를 우습게보고 있군.

하지만 나는 그저 평범하게 자고 온 것이 아니다.

특급 성유적과 학원의 성유적 공략의 일로 성수 기사단 부단장인 디아레스 아크라이트에게 진정(?)을 내고 왔다.

다시 말해 단번에 상황이 진전됐다.

"저, 저도 진전이 있었다고요."

"호오? 어떤 식으로? 뭐, 대단한 진전은 아니겠지만."

"디아레스 씨와 둘이서 목욕하면서, 이것저것 부탁했어요."

"하, 그런 건…… 어? 으으응?! 지, 지금 뭐라고?!"

레이 선배의 반응이 아까와는 확연히 다른데…… 뭐지?

"세, 세실리가 아니라?"

"네? 하지만 굳이 말하자면 디아레스 씨에게 부탁하는 편이…… 역시 현실적인 것 같아서."

"아니지, 아니야! 현실적으로 생각해서, 아무리 생각해봐도 부탁할 거면 세실리 쪽이 승산이 있잖아?! 평범하게 생각해서 말이야! 그보다 왜 갑자기 그쪽으로 간 거야?!"

레이 선배, 왜 그렇게 놀라는 거지……?

특급 성유적 일을 상담하려면 성수 기사단에서 부단장을 맡은 디아레스 씨에게 하는 편이 현실적인 것 같은데…….

"하지만 디아레스 씨도 긍정적으로 생각해준다고 하셨는

데……."

"잠깐, 잠깐! 잠깐만! 뭐? 상대도 긍정적이라고?!"

"제, 제게 기대했다는 말도 들었어요."

"잠깐, 잠깐, 잠깐! 기대했다고?! 쿠로히코에게?! 디아레스 아크라이트가?!"

"네, 고맙게도…… 그랬던 모양인데요."

"잠깐, 잠깐, 잠깐, 잠깐! 잠깐만 기다려봐! 진정해!"

"아니요, 진정해야 하는 건 레이 선배 아닌가요?!"

"그보다 애초에 쿠로히코는 그래도 괜찮아?!"

괜찮냐고?

"그야 긍정적으로 생각해준다면야 더할 나위 없잖아요."

"으갸~!"

패닉에 빠져 눈이 빙글빙글 돌며 머리를 감싸 쥔 레이 선배. 그 이후 그녀는 창백해진 얼굴로 복도의 벽에 기대 터털터덜 걷기 시작했다.

"아, 아이라……."

"응? 왜? 레이."

"특훈을 시작하기 전에 내게 잠시 시간을 줄래? 잠깐 마음의 정리를 하고 진정할 필요가 있을 것 같아서……."

"상관없는데…… 괘, 괜찮아?"

"아이라는 전혀 충격을 받지 않는구나."

"어?"

"아…… 아니, 괜찮아. 이해하지 못한다면 그걸로…… 아……

그렇다면 세실리와 큐리에는 앞으로 어떻게 되는 거야…… 이런 게 가능한 거야……? 너무하잖아…… 어흑…….″

레이 선배는 그대로 비틀거리는 발걸음으로 복도 저편으로 사라졌다.

"왜, 왜 그러는 걸까요?"

"그러고 보니 디아레스 님께 무슨 부탁을 했어? 뭐랄까 레이는 내용도 듣지 않고 이상해졌는데."

"특급 성유적에 도전하고 싶다는 이야기를 했을 뿐인데요."

"어, 그렇구나?! 굉장해! 후후, 과연 쿠로히코네! ……응? 하지만 그게 그렇게 충격을 받을 이야기인가?"

역시 뭔가 이상하다고 생각한 나는 이야기를 흐름을 떠올렸다.

……음?

"어쩌면 착각하셨을 수도 있겠네요…….″

설마…… 레이 선배는 사람에 관한 이야기라고 생각한 건 아니겠지?

레이 선배의 오해를 푸는 역할을 아이라 씨에게 맡긴 나는 오늘의 목적지인 학원장실로 갔다.

그러자 도중에 익숙한 두 사람과 조우.

상대도 나를 발견했다.

"쿠로히코."

지크벨트 길에스와 힐기스 에메랄다였다.

"오늘은 둘이 학원에 왔구나. ……어라? 세실리 씨는?"

"세실리 님은 다른 일이 있어 오늘은 학원에 오시지 않았어. 시간이 있는 하기휴가 중에 해두고 싶은 일이 있다더군."

"그렇구나."

"저, 쿠로히코."

힐기스 씨가 말을 걸었다.

"세실리 님과는 어땠, 어?"

"뭐가요?"

"저번 숙박."

"벼, 별일 없이 끝났어요. 처음 만난 소시에 씨에겐 놀림 받은 기분이지만요…… 하하하……."

지크가 이해한다는 듯이 미소 지었다.

"후, 그분에겐 장난으로 상대를 놀리는 부분이 있으니까. 반면 지금의 아크라이트 가문의 내외를 지탱해온 사람이기도 해. 가이덴 님 말씀으로는 무뚝뚝한 바디어스 님은 소시에 님이 동반하지 않으면 만찬회 하나 뜻대로 안 된다고 하시더군. 어떤 의미로는 바디어스 님과는 최고의 상성이겠지."

"뭐…… 좋든 나쁘든 사람의 마음을 움직이는 게 특기일 것 같은 분이셨어."

응, 확실히 사교에 대해서라면 뛰어난 능력이 있을 듯한 사람이었다.

"타산적인 이야기지만 성실한 것만으로는 살아남을 수 없는 세계도 있어. 개인적으로는 성실한 인간이 더 친근감이 들지만."

"어라? 지크는 자신이 성실하다는 걸 자각하고 있구나?"

"주변에서 그런 말을 계속 듣다 보면 인정할 수밖에 없지."

그렇다면 나의 둔감하다는 평가나 정신 나갔다는 평가도……어, 언젠가 스스로 인정할 수밖에 없게 되는 걸까.

"그래서……."

미끄럼틀 타듯 힐기스 씨가 내 정면으로 스슥 다가왔다.

"제대로 성과는 있었어? 쿠로히코."

"성과?"

한숨을 쉬는 힐기스 씨.

"여전히 둔감. 이번 숙박으로 세실리 님과의 사이가 깊어졌는지 궁금."

"저기…… 깊어졌는지 묻는다면, 깊어진 것 같기도 한데……."

"애매."

지크가 힐기스의 머리에 툭 손을 올렸다.

힐기스 씨가 무표정인 채로 윽, 신음했다.

"쿠로히코를 너무 괴롭히지 마, 힐기스."

"쿠로히코는 이상한 곳에서 어긋나니 걱정. 아직 세실리 님을 안심하고 맡길 수 있는 느낌이 아니야."

"요컨대 힐기스는 쿠로히코에게 세실리 님이 첫 번째 존재였으면 하는 거야. ……다양한 의미로."

지크가 창밖을 바라보았다.

"세실리 님은 완벽에 가까운 사람이라고 해도 되겠지. 하지만 아마도 그 사람이 진정한 의미로 마음을 허락할 수 있는 사람은 극히 적을 거야."

길에스 가문의 장남인 그는 세실리 아크라이트를 줄곧 따라왔다.

그래서 세실리 씨를 잘 이해하고 있다.

"그런데 쿠로히코는 세실리 님이 조건 없이 마음을 허락할 수 있는 몇 안 되는 사람이야. 우리도 세실리 님을 맡겨야 한다면 그런 사람에게 맡기고 싶어."

"뭐야, 지크. 마치 앞으로 내가 세실리 씨의 곁에 있을 수 없게 될 것처럼 말하잖아."

지크의 손에서 도망친 힐기스 씨가 내게 등을 돌렸다.

표정을 보이고 싶지 않다고…… 조금이지만 그런 분위기가 났다.

"나에게 쿠로히코는 세실리 님을 맡겨도 좋은 귀중한 사람."

"힐기스 씨?"

"이래 봬도 너한텐 기대하고 있어."

그 후 지크 일행과 헤어진 나는 학원장실로 갔다.

마키나 씨는 평소의 거대한 책상에서 바삐 일하고 있었다.

참고로 마키나 씨가 이 시간에 있다는 정보는 미아 씨에게 들어 파악해둔 상태였다.

"성왕님을 알현하고 싶다고?"

"네, 실은……."

나는 특급 성유적 공략을 위해 성왕님의 승인을 얻고 싶다고 이야기했다.

기사단의 이해도 얻을 수 있을 것 같다는 이야기도 덧붙여서.

이야기를 마치자 펜으로 서류를 작성하던 마키나 씨의 손이 멈췄다.

"마침 잘됐네."

피곤한 얼굴로 자신의 어깨를 툭툭 두드리는 마키나 씨.

"그럼 일정을 조정해둘게."

"저, 정말인가요?"

"전에도 말했지만 애초에 상대도 널 만나고 싶어 하셔. 성무제가 끝난 뒤에도 직접 만나러 가려 하셨을 정도고…… 그보다 몰래 학원에 오려고 하신 적도 있었어."

"그랬군요."

"하지만 그런 성왕의 공무 관계의 관리는 아버님이 시끄러워서……. 이렇게 유연한 딸과 다르게 아버님은 그쪽 방면으로 융통성이 없다니까. 그러니 정식 알현으로 예정을 짤 필요가 있는 거지. 미안해."

작은 주먹을 쥐고서 뭉친 몸을 풀 듯 「음~」 하고 두 팔을 벌려 기지개를 켜는 마키나 씨.

……만약 여기서 《어쩐지 작은 여자아이가 잠들 시간이 된 것 같아 귀엽네요》 하고 말했다간 알현 이야기는 무산되겠지.

귀여운 기지개를 마친 마키나 씨가 카람수가 든 병을 그대로 입에 대고 한 모금 마셨다.

 천으로 입을 쓱 닦은 뒤 그녀가 말을 이었다.

 "하지만 며칠 이내에 알현할 수 있도록 이야기를 진행해볼 생각이야. 괜찮아?"

 "네, 고맙습니다. 아, 역시 마키나 씨는 듬직하네요."

 "흐음? 더 칭찬해도 좋은데?"

 어험, 하는 포즈를 하는 마키나 씨.

 "하지만 성에 간다니 어쩐지 긴장되네요……."

 "나도 함께 갈 테니 괜찮아. 나는 몇 번이고 갔으니 익숙하고."

 "마키나 씨가 함께라면 든든하죠."

 "그리고…… 이세계인인 네겐 최저한의 지켜야 할 예의를 알려줄 필요도 있겠네."

 듣고 보니 나라의 왕을 만나는 것은 처음이다.

 시, 실례를 저지르지 않아야 하는데…….

 마키나 씨가 쓴웃음 지었다.

 "그렇게 긴장할 것 없어. 어지간한 실례가 아닌 한 괜찮아. 너는 동국에서 온 이국인이라고 설명해둔 데다 성왕님도 관용적인 분이니까."

 마키나 씨가 「아, 맞다」 하고 무언가 떠올린 듯했다.

 "알현하는 날에는 큐리에도 함께 가게 될 거야."

 큐리에 씨는 전에 성왕가 사람들과 만나기 위해 성에 가기로 했었다.

그러나 마침 성에 가는 날에 사흉재가 공격해왔다.

그 탓에 성왕가 사람들과의 알현이 이뤄지지 않았다고 들었다.

그때 실현되지 않았던 알현을 한꺼번에 해버리려는 모양이다.

"알겠습니다. 저도 큐리에 씨와 함께인 편이 긴장이 누그러질 것 같으니까요."

그렇게 성왕님을 알현하는 이야기는 쉽게 진행됐다.

그리고 빠르게도 조정이 끝나, 이틀 후에는 알현의 날을 맞이하게 됐다.

"그 이야기는 자연스럽게 사라진 줄 알았어."

성왕님과의 알현에 대해 마키나 씨가 이야기하자 큐리에 씨가 제일 먼저 한 말이 그것이라고 한다.

그리고 지금 드레스 차림의 큐리에 씨는 마차를 타고 창가에 기대 뚱한 얼굴로 밖을 바라보고 있었다.

"큐리에, 아직 마음에 안 드는 모양이네? 성왕님과의 알현이 내키지 않는 걸까?"

옆자리에 앉은 마키나 씨가 곤란한 미소를 떠올리며 내게 그렇게 속삭였다.

나도 얼굴을 살짝 가까이하고 옆자리 고스로리 소녀에게 속삭였다.

"성왕가 사람을 만나는 게 싫은 게 아니라 드레스를 입은 게 기분이 상한 원인일 거예요."

"어째서? 저렇게 잘 어울리는데?"

"남들이 어떻게 볼지는 몰라도…… 내가 좋아하지 않아."

시선만 돌려 훌쩍 대화에 끼어든 큐리에 씨.

소곤소곤 이야기한 것이 들렸던 듯하다.

"장식이라든가, 남에게 보이기 위해 만들어진 옷은 성미에 안 맞아."

큐리에 씨가 초췌한 얼굴로 머리를 엉클어뜨렸다.

뭔가 씁쓸한 기억이 떠오른 것 같았다.

"이번 드레스를 봐준 세실리와 세실리 엄마의 압박이 또 강해서…… 정말이지 그렇게 가슴팍이 훤히 드러나는 드레스를 내가 입을 리가 없잖아."

드레스를 고를 때도 큰일이었던 모양이다.

이번엔 마친 한심한 과거라도 떠올린 것처럼 큐리에 씨가 어깨를 늘어뜨렸다.

"그래도 미아와 아이라 때와 비교하면 아크라이트 모녀는 저항할 여지가 있었으니 다행이었을지도 모르겠어……."

전에 성에 가려 했지만 사흉재 습격으로 흐지부지됐던 그 날, 압도적으로 내키지 않아 하던 큐리에 씨에게 훌륭히도 드레스를 입힌 이들이 바로 미아 씨와 아이라 씨 콤비였다고 한다.

아크라이트 모녀보다 그 두 사람의 부탁을 거절하기 힘든 것은 알 것도 같다.

"뭐, 그래서……."

큐리에 씨가 스커트 자락을 슬쩍 들어 올렸다.

"이 길이도 짧게 했지."

오늘 큐리에 씨가 입은 스커트 길이는 발목까지 가리는 길이가 아니라 무릎 위 정도였다.

스커트에는 약간이지만 트임도 있었다.

마키나 씨가 물었다.

"어째서 스커트를 짧게 해달라고 주문을 한 거니?"

확실히 노출을 싫어하는 큐리에 씨로서는 정반대의 주문인 것 같았다.

"어리석은 질문이군. 예기치 못한 적이 나타났을 때 스커트가 길면 움직이기 힘들어. 전투에서 이동에 제한이 있는 건 큰 문제라 할 수 있지. 하지만 이렇게 하면 스스로 찢어 짧게 하는 불편함이 간소해지잖아? 움직임 중시지."

"전투를 의식한 조치라는 거구나……."

반쯤 받아들인 듯한 마키나 씨. 나머지 절반은 그걸 중시한다고 노출을 늘리는 것도 좀 그렇다고 말하고 싶은 눈치였다.

그런 반응인 것도 이해가 된다.

뭐랄까…… 스커트를 고친 탓에 결과적으로 큐리에 씨의 귀여움과 요염함이 상승했기 때문이다.

가슴 부근을 천으로 가렸다지만 저래서는 결국 도합 제로가 아닌가.

"드레스에 전투 대비를 바랄 필요가 없다고 세실리 엄마는 말했지만, 나는 실제로 그 성 앞에서 사흉재의 공격을 받았으니까. 실제로 존재했다는 것은 설득 재료로는 굉장히 강하지."

응, 하고 만족스러운 듯이 끄덕이는 큐리에 씨.

그 후 차내에 미묘한 침묵이 이어졌다.

대화 중 우리는 **어떤 인물**에게 시선을 보냈었다.

역시 다들 신경 쓰이겠지.

《그녀》의 존재가.

이 마차에는 사실 네 번째 사람이 타고 있다.

다만 큐리에 씨의 옆에 앉은 그 인물은 승차한 이후 한마디도 하지 않았다.

입마개 기능이 있는 마스크 형태의 기구를 얼굴에 장착하고 죄수의 구속구와 같은 옷을 상반신에 입은 보라색 머리의 여성.

그렇다, 네 번째 사람은 노이즈 디스였다.

"저 차림, 본인이 희망했다는 게 정말인가요?"

나는 마키나 씨에게 다시 확인했다.

"그래, 맞아. 어차피 그녀는 지금 성소를 모을 수 없으니 영창 주문이나 술식도 경계할 필요는 없지만…… 본인이 자신이 성왕님을 만난다면 그렇게 해야 한다네."

놀랍게도 저건 성왕가 쪽의 요청으로 이루어진 구속이 아닌 듯했다.

노이즈가 직접 제안했다고 한다.

"결과적으로 이쪽에서 저 구속을 제안했으니 성왕가 측도 그 이상 아무것도 요구하지 않았던 모양이지만."

성무제 때 스콜반가의 동료들을 노이즈가 막은 이야기를 들은 성왕님이 그 사람을 만나보고 싶다고 요청했다고 한다.

지금 노이즈는 특수한 술식 문양(이것도 노이즈가 자발적으로 준비한 것이나 마찬가지라고 한다)의 효과로 성소를 모을 수가 없다.

다시 말해 지금은 무방비 상태라고 할 수 있다.

"보기에 따라선 마키나 씨를 그만큼 신뢰하는 증거이기도 하겠네요."

"대역 죄인인 자신에게 자유를 줬다고 생각하면 다른 귀족이 마키나 르노우스피어를 바라보는 시선이 날카로워질 거라고 노이즈 본인이 말했어."

그 악랄한 《무형유희》라고는 생각할 수 없는 배려심이다.

뭐, 마키나 씨와의 사이가 양호한 것은 알고 있었지만……

다만 노이즈는 그 싸움이 끝난 뒤 인생을 송두리째 잃었다고 했다.

그렇다면 지금의 그녀는 속이 빈 껍질과도 같은 것인지도 모른다.

혹은 집착에서 해방됐다고 해야 할까.

"안심해라."

큐리에 씨가 세워둔 리벨게이트에 손을 가져갔다.

"노이즈가 수상한 움직임을 보이면 이번에야말로 내가 완벽히 끝을 내겠어. 그때와 달리 내 상태도 완벽하니까."

마키나 씨가 쓴웃음 지었다.

"노이즈는 누군가가 자신을 공격해도 큐리에가 곁에 있으면 지켜줄 거라고도 말하던데?"

"정말이지 믿을 수 없을 정도로 제멋대로인 녀석이야…… 내가 노이즈를 지켜줄 동기가 있을 리가 없잖아."

마키나 씨의 쓴웃음이 짙어졌다.

"만약 큐리에에게 그렇게 말하면 『자신이 마키나 르노우스 피어에게 도움이 되는 동안에는 큐리에도 지킬 수밖에 없을 것』이라고 전하라고 했어. 후후, 아무래도 미래의 대사를 예측당한 모양이네."

"큭, 이래서 노이즈는 싫어……. 전부터 사람을 꿰뚫어 보는 듯이 말하기만 하고…… 잠깐?! 그만둬! 무슨 짓이야?!"

노이즈가 큐리에 씨의 몸에 상반신을 비비기 시작했다.

어쩐지 고양이가 어리광부리는 것 같은 움직임이었다.

"저, 적의가 없다는 걸 보여주는 것 아닐까?"

"웃기지 마! 이런 건 성가실 뿐이라고! 야! 내 가슴에 뺨을 대지 마! 으…… 그, 그만두지 않으면…… 화낸다?! 뭐, 뭐야, 그 기뻐하는 눈초리는?! 잠깐, 내, 내 가슴 사이에 얼굴을 넣으려 하지 마!"

"……."

그 히비가미가 실력을 인정한 제6원의 실력자 검사와 최강의 술식사가 참으로 그렇고 그런 광경을 연출했다.

노이즈를 밀어낸 큐리에 씨가 거칠어진 호흡과 단추가 풀린

목깃을 고쳤다.

"정말이지 아무리 지나도 장난질을 고치지 못하는 녀석이라니까……."

무언가가 뇌리를 스친 느낌으로 단추를 고치며 불길한 표정을 한 큐리에 씨.

"세실리 엄마가 제안했던 가슴팍이 벌어진 드레스를 입었다간 엄청난 일이 벌어졌을지도 모르겠어……."

응?

마키나 씨가 패색이 농후한 기운을 풍기며「큭……」하고 손톱을 깨물었다.

그녀의 시선이 향한 곳은…… 큐리에 씨의 가슴?

"가슴이 삐져나올 것처럼 갑갑한 저 느낌이 가슴께가 가려진 것보다 흉악한 것 같아졌어…… 저만한 질량의 가슴이 괴로워 보이는 것만으로도 엄청난 그림이잖아."

"마키나 씨?"

호, 혼잣말 같기는 한데…….

"노이즈도 큐리에에게 지지 않을 정도로 폭력적이고……."

살며시 부풀어진 자신의 가슴으로 두 손을 가져가는 마키나 씨.

어쩐지 핏기가 가시고 힘없는 표정을 한다.

"역시 나는…… 지나치게 평화적인 걸까?"

"쿨~."

이럴 때 어떤 표정을 해야 할지 알 수 없었던 나는 일단 자는 척을 했다.

우리가 탄 마차는 드디어 한동안 멀리 보이던 성 르노우스 레드 성에 가까워졌다.

왕도에 살기 시작한 이후 그 위용은 몇 번이고 봤지만 이렇게 가까이 온 적은 처음이다.

푸른 하늘을 배경으로 우뚝 솟은 하얀 성은 마치 동화 속에 나오는 것만 같았다.

뭐, 이세계의 성이라고 생각하면 동화 속 이야기라는 표현도 틀린 것은 아닐지도 모르지만.

성으로 이어지는 도로 중간에 마차가 한 번 멈췄다.

마부가 위병과 이야기를 나누고 통행증을 보여주자 다시 마차가 움직이기 시작했다.

그들을 지나칠 때.

"오오, 그 전처녀 님이야……."

"강하다고 들었는데 모습도 정말이지 아름답군……."

그런 위병들의 목소리가 들렸다.

큐리에는 부끄러운 듯이 창가에서 떨어지고는 뺨을 붉히며 입술을 삐죽 내밀었다.

"적의나 비꼬는 건 익숙하지만, 솔직한 호의는 도무지 익숙해지기 어렵네."

수로에 놓인 다리를 건너 마차가 성문을 지났다.

창문으로 위를 올려다보았다.

돌로 된 문이 만드는 그림자가 올려다보는 내 얼굴 위로 흘러갔다.

어쩐지 유럽의 오래된 성을 관광하는 기분이 들었다.

문을 지나 나온 광장에 마차가 멈췄다.

내가 먼저 마차에서 내리고 큐리에 씨가 뒤를 이었다.

순간 후끈한 여름의 더위가 피부로 느껴졌다.

그러고 보니 르노우스피어 공작가의 마차에는 내부 온도를 낮추는 고가의 술식기가 달려있다고 했지. 밖으로 나오니 체감 온도가 단번에 달라졌다.

광장을 둘러보니 곳곳에 공사 흔적이 남겨져 있었다.

"큐리에 씨는 여기서 제메키스 앙글렌이라는 사흉재와 싸웠다고 했죠?"

"그래. 크게 싸웠으니 당시의 흔적이 아직 남은 모양이야."

익숙한 듯이 광장을 바라보는 큐리에 씨.

"지금 생각해보면 이긴 게 행운이었던 것 같아."

뒤이어 노이즈가 내렸다.

마지막으로 마키나 씨가 스커트를 둥실 부풀리며 하차.

늠름한 문 앞에 선 위병이 공손하게 고개를 숙였다.

"어서 오십시오, 마키나 님."

마키나 씨는 가볍게 손을 들어 우아하게 답했다.

대답은 한마디, 「그래」 하고만 말했다.

당당하다고나 할지 평소 나와 대화할 때와 분위기가 달랐다.

저게 공작가에 태어난 사람으로서의 행동일까.

어쩐지 이제야 이상하게 긴장되네…….

큐리에 씨는 당당해 보이고 노이즈도 태연해 보였다.

그보다 마스크와 구속구를 입은 노이즈보다 내가 더 이곳에 어울리지 않는 것 같은 기분이 드는데…….

윽, 갑자기 위가 조이는 것 같은데…….

"저, 저기!"

"네! 저, 말씀인가요?"

위병이 강한 어조로 말을 걸었다. 내가 뭔가 실수를 저지른 걸까.

"금주술사이신 사가라 쿠로히코 님이십니까?"

"예? 네, 그런데요……."

척, 자세를 바로 하는 위병.

"마, 만나 뵙게 되어 영광입니다!"

"네?"

"저와 같은 자에게도 금주술사 님의 수많은 활약은 익히 들어 알고 있습니다! 그 사흉재를 둘이나 쓰러뜨렸을 뿐만 아니라 대성장을 습격한 종말향의 자객들도 마치 갓난아기 다루듯 쓰러뜨리셨다고요!"

"뭐, 거, 거짓은 아니지만…… 그렇게 쉽게 이긴 것도……."

"게다가! 그 성수 기사단도 당해내지 못한 의문의 거인을 물리쳤을 뿐만 아니라, 듣자 하니 모든 원흉인 제6원의 《무형유희》라 불리는 마녀의 국가 파괴 계획까지도 물리치셨다고 하지 않습니까!"

시간 순서가 미묘하게 틀리거나 이야기가 미묘하게 달라진 것 같기도 한데…….

그보다 아직 모르는 모양인데 지금 바로 그 《무형유희》가 당신 눈앞에 있는데요.

위병이 창의 바닥을 캉, 하고 지면에 부딪쳤다.

"저는 금주술사 님을 구국의 영웅으로 불러도 지장이 없다고 생각합니다!"

"고, 고맙습니다."

평범하게 부끄러워진다. 이렇게 거창하게 칭찬하면 부끄럽다.

하지만 죽을 각오로 싸우길 잘했다는 생각도 들었다.

내게는 이 왕도에 사는 사람들도 소중하다고 말할 수 있을지도 모른다.

마키나 씨가 품위 있게 미소 지었다.

"네 금주술사에 대한 존경의 뜻은 전해졌어. 그럼 슬슬 안으로 들어가도 될까?"

조금 두근거렸다. 저런 미소를 지으면 묘하게 어른스럽게 보인다.

아니…… 어른스러운 것이 아니라 어른이지만.

"시, 실례했습니다! 그럼 들어가십시오."

우리는 정중한 말과 함께 성안으로 들어갔다.

관리자처럼 보이는 여성을 따라 성내로 발을 디딘 우리는 그대로 어느 방으로 안내받았다.

성의 복도는 걷고 있을 때는 정말이지 서양의 고성 순례, 혹은 동화 속 세계인 것만 같은 느낌에 빠져들었다.

나만 무척이나 두리번거렸는데 살짝 들떴던 것인지도 모른다.

처음엔 성안을 오가는 삶들이 실존하는 인물이라고 여겨지지 않을 정도로 이상한 기분이었다.

마치 내가 영화 속으로 들어온 것만 같은 기분이라고나 할까.

솔직히 말해 살짝 감동했다.

내가 너무 신기해하니 안내해준 사람도 「그렇게 성안이 마음에 드셨습니까?」 하고 훈훈한 얼굴을 했을 정도다.

"이런 비싼 드레스를 입고 있으니 의자에 앉는 것도 편하지 않네……."

큐리에 씨가 입을 삐죽 내밀고 투덜거리며 스커트가 주름지지 않도록 조심스럽게 긴 의자에 앉았다.

"자, 내 옆에 앉을래?"

큐리에 씨가 긴 의자 옆 빈 곳을 툭툭 두드렸다.

"네. 그럼 실례할게요."

그녀의 말대로 옆에 앉았다.

마키나 씨는 알현 전에 준비가 있다고 해서 지금은 방에 없다.

노이즈는 다른 방에서 병사의 감시를 받으며 대기.

큐리에 씨는 자신이 가까이 있는 편이 좋지 않겠느냐고 물었지만 마키나 씨의 판단으로 노이즈는 다른 방에서 대기하게 됐다.

마키나 씨 필살의 《무슨 일이 생기면 내가 책임질 테니까》에는 도저히 거스를 수 없을 것 같다.

"왜 그래? 진정되지 않아?"

배려하듯 큐리에 씨가 물었다.

"네. 역시 일국의 왕을 만나는 거니까······. 오히려 긴장하지 않는 편이 이상하다고 할 수 있잖아요."

"하지만 넌 루벨아르간의 기어스 왕자나 제국의 헬 황녀 앞에서는 그렇게 긴장하지 않았잖아? 일국의 왕은 아니지만 그두 사람도 비슷하지 않아?"

"이렇게 《이제 알현 시작!》 하는 분위기면 속이 쓰릴 정도로 현실감이 있다고나 할까······ 그렇지 않나요?"

"이상한 녀석. 그 《루벨아르간의 마녀》에게 소리칠 수 있는 사내면서."

"샤나 씨는······ 인정하고 싶지 않지만 제 쪽에 맞춰 일부러 가볍게 대해주시는 걸 거예요."

"뭐······."

큐리에 씨가 부드러운 눈으로 미소 지었다.

"어느 자리에 오르든 그렇게 겸허할 수 있는 것이······ 사가라 쿠로히코의 좋은 점일지도 모르지."

"······."

급속도로 얼굴이 뜨거워진다.

이거다······ 이럴 때 큐리에 씨의 미소가 지닌 가드 무효 효과의 느낌.

역시 이 미소는 반칙이라고.

"응? 왜 그래? 너무 긴장해서 열이라도 난 거야?"

어, 어떻게든 속여 넘어가야 해.

"아, 다시 보니 큐리에 씨의 드레스가 정말 멋져서…… 그, 그만 넋을 놓고 말았어요!"

"뭐……!"

큐리에 씨가 무조건 반사처럼 몸을 빼며 가슴 부근을 손으로 가렸다.

"가, 갑자기 무슨 바보 같은 소리를 하는 거야?! 그보다 은근슬쩍 내 드레스 모습을 관찰한 거야?!"

이번엔 반대로 큐리에 씨가 얼굴을 붉힐 차례가 됐다.

"으~ 그런 반응을 할 줄이야…… 나도 곤란하다고. 되도록 이 드레스는 신경 쓰지 않으려고 했는데."

"하하하…… 저, 그 드레스는 세실리 씨가 추천한 건가요? 아니면 소시에 씨가?"

"……마지막에는 세실리 녀석이 골라줬어."

"여, 역시 세실리 씨네요."

나는 필사적으로 화제를 돌리려 했다.

"그러고 보니 최근 세실리 씨는 무척 꾸미는 것 같은데…… 어쩌면 교복이 아닐 땐 매일 다른 옷을 입을까요? 어쩐지 전에는 팔찌라든가 목걸이도 그다지 하지 않는 인상이었는데……."

"음……."

큐리에 씨가 뭔가 복잡한 표정을 했다.

어라? 무슨 일이지?

"본인은 말하지 말라고 했지만…… 뭐, 괜찮겠지. 오히려 쿠로히코는 알아야 할 이야기일지도 몰라."

"무, 무슨 이야기인데요?"

"사실 최근 세실리의 다양한 몸가짐에는 이유가 있어."

그 사람은 무엇을 입어도 어울리니 평소엔 옷에 아무런 위화감이 없었다.

그러나 숙박하는 도중에 외출했을 때 작지만 어떤 알 수 없는 위화감이 들었다.

그렇다, 설명하자면 **자신의 취향으로 입은** 느낌이 아니었다고나 할까.

"왕도의 옷가게에 투자하는 어떤 유명한 귀족이 있다고 하는데, 그 귀족은 가게에 낼 옷과 장식품을 자기가 직접 그려본다고 해."

다시 말해 그 귀족은 자신이 디자인한 옷과 장식품을 자신의 가게에 내고 있다는 뜻인가.

"아무래도 그 귀족이 자신이 완성한 옷과 장식품을 세실리가 입어줬으면 한다고 부탁했다더군. 이 왕도에서 그 세실리 아크라이트가 입었다고 알려지면 물건의 지명도가 뛰어오를 테니까."

시대를 상징하는 패션 리더에게 자사 제품을 입혀 광고로 삼는 느낌인 걸까.

귀족이 모이는 파티 등에 세실리 아크라이트가 그 옷과 장식품을 걸치고 출석하면 입고 있는 것을 제공한 귀족도 주목을 받을 수 있다.

"세실리 씨는 그런 일을 할 것 같지 않았는데…… 그거 소시에 씨 쪽으로 들어온 이야기인가요?"

애초에 이전의 세실리 씨는 파티에 그다지 나오지 않는 것으로 유명하다고 들었다.

"아니, 세실리가 직접 정했다고 해."

"뭔가 특별한 이유가 있나요?"

아크라이트 백작가의 딸이 돈이 목적……인 것은 아니겠지.

그보다 지금까지는 그런 행동을 하지 않아도 됐던 것이니…… 그렇다면 이유가 뭘까?

"우리를 위해서야."

"우리요?"

"그래. 그 녀석 나름대로 독자적인 인맥을 넓히려 하고 있어. 우리가 이 나라에서 뭔가 하고 싶어졌을 때 이 나라 귀족의 힘을 빌릴 수 있도록 말이야."

"아……."

전에 세실리 씨가 말했다.

싸움 이외의 부분에서 힘이 될 수 있도록 노력해보겠다고.

"그런 부분은 싸우는 것밖에 모르는 나로는 거의 도움이 안 되니까. 뭐, 너는 이미 5대 공작가의 일족 전원과 인연이 있는 셈이지만…… 그 5대 공작가와 거리를 두는 유력 귀족도

이 나라에 의외로 많다고 해."

르노우스레드는 넓다.

후작가와 백작가 등, 귀족 가문은 수없이 많다.

"그런 귀족일수록 다른 나라와 가깝기도 한 모양이라…… 나는 잘 모르겠지만 그쪽 세력과의 연결도 있는 편이 여차할 때 도움이 될 거라고 말했어. 예를 들어 다른 나라로 건너갈 사정이 있을 때라면 특히."

큐리에 씨가 언젠가 타소가레라는 인물을 찾으러 루벨아르 간에 갈지도 모른다는 이야기는 세실리 씨도 알고 있다.

혹은 언젠가 내가 금주의 주문서를 찾아 제국으로 갈 날이 올지도 모른다.

"그럴 때 뭔가 도움이 되고 싶다더라고. 정말이지 그 녀석은 못 당하겠다니까…… 내가 알았을 땐 이미 아까 그 이야기를 진행하고 있었던 모양이었어."

위화감의 정체를 알게 됐다.

그런 거였구나.

세실리 씨는 배우는 것만이 아니라 인맥을 만드는 것에도 힘쓰고 있었다.

요즘 유난히 바빴던 것도 이제 이해가 된다.

"선전은 하기휴가 동안만 한다고 정했다고 하지만. 뭐, 세실리의 어머니가 배후에서 지켜보고 있으니 이상한 이야기로 끌려갈 걱정은 없을 것 같아."

나는 한숨을 쉬었다. 이때만큼은 자신의 둔감함을 향해서.

"세실리 씨는 그런 중요한 이야기일수록 제게 하지 않는다니까요……."

"후후, 그 녀석은 못 당한다니까……. 뭐, 일단 이 이야기는 듣지 못했던 것처럼 세실리를 대해줘. 언젠가 그 녀석이 이야기할지도 모르니까."

"알겠어요."

……응.

지금 이야기를 듣고서 긴장이 사라진 것 같다.

세실리 씨도 애쓰고 있다.

나도 마음을 다잡고 힘내야지.

그 후 큐리에 씨와 한동안 잡담을 나누니 방문이 열렸다.

"기다렸지?"

나타난 사람은 마키나 씨.

그리고 그 옆에는…….

"이렇게 이야기를 나누는 건 처음인가?"

수염을 멋지게 기른 중장년 인상의 남성.

성무제 시합 중, 성왕님의 옆자리에 계속 앉아 있었던 사람이다.

의자에서 일어난 나는 고개를 깊숙이 숙였다.

"처음 뵙겠습니다, 사가라 쿠로히코라고 합니다."

그렇다, 이 사람은.

"평소 딸이 신세를 지고 있는 모양이더군."

마키나 씨의 아버지.

이렇게 직접 만나는 것은 처음이었다.

커다란 손이 다가왔다.

"인사가 늦어 실례했다. 와그너스 르노우스피어다. 앞으로도 딸을 부탁해도 되겠나? 금주술사님."

"부, 부탁하신다고 해도…… 마키나 씨에겐 제가 일방적으로 신세를 지고 있는 셈인데요……."

"후후, 그 사흉재와 사투를 벌였다는 이야기가 믿을 수 없을 정도로 온후한 소년이로군."

옆에 선 마키나 씨가 반론했다.

"할 때는 하는 남자라는 거예요, 아버님."

"네게서 들은 이야기와 내 상상으로는 도무지 인상이 다르던데 이제야 이해가 되는군. 그래…… 평소엔 실력을 숨기고 있다는 건가."

수염을 쓰다듬으며 곰곰이 생각에 잠긴 와그너스 씨.

"묘령이라고 해도 좋은 나이이거늘 남자 이야기는 전혀 하지 않는 딸이라서 말이야…… 기사단에도 괜찮은 남자들은 있을 텐데. 정작 기사단 남자들과 이야기를 할 때도 담담하더군. 좋은 이야기가 있을 법도 한데 전혀 그렇지가 않아. 그랬던 녀석이."

와그너스 씨가 감개무량한 듯이 마키나 씨의 머리를 쓰다듬었다.

"어느 시기부터 이 아이가 빈번히 한 남자의 이야기를 하더구나. 그게 또 다른 남자들을 이야기할 때와 비교할 수 없을 정도로…… 뭐랄까, 이야기할 때 열의가 있었어. 그게 쿠로히 코 님이었지."

"아버님?"

커다랗고 투박한 손이 머리를 쓰다듬고 있지만 기가 막힌다는 눈초리로 아버지를 올려다보는 마키나 씨.

"하하하, 미안하다, 미안해. 다름이 아니라…… 여기에 얼굴을 비춘 건 자네들에게 사과하고 싶어서 말이지."

"사과, 말씀인가요?"

"사흉재 습격 때 일이다."

딸의 머리에서 손을 뗀 와그너스 씨는 진지한 표정을 했다.

"그때 나와 근위대는 성왕님을 보필하기 위해 망설이지 않고 왕을 모시고 성의 피난길로 갔다. 성왕님은 자신이 도망치면 국민들에게 본보기가 안 된다며 버티셨지만…… 왕이 죽으면 나라 자체가 위험해지지. 특히 지금의 왕께선 간단히 죽기엔 아쉬운 현왕이시다. 그러니 나와 근위대는 북쪽 공작령으로 도망치기 위해 그대로 피난하는 길을 선택했지. 자네들에게 사흉재 상대를 떠넘기고서."

본심일 것이다.

그러나 다른 의도도 포함되어 있다.

성왕은 도망치려 하지 않았다고 전하고 싶은 것이다.

자신이 비겁자라는 비난을 받더라도 왕의 명예를 지키려 한다.

훌륭한 사람이구나, 마키나 씨의 아버지는.

"사흉재가 공격했을 때도, 그 뒤에도…… 저는 성왕님을 탓하는 사람은 한 명도 보지 못했어요."

성왕님은 피난했을 거라고 말하는 사람은 있어도 피난한 사실을 비난하는 사람은 없었다.

"성왕님은 백성에게 신뢰를 받는 왕이시겠죠. 왕도에 사는 사람들 모두가 성왕님은 피신해 살아남으셨으면 했던 것 아닐까요?"

"쿠로히코 공……."

"무, 무엇보다 결과적으로 보면 사흉재는 쓰러뜨렸잖아요. 애초에 잘못한 건 사흉재지 성왕님이나 와그너스 씨가 책임감을 느낄 필요는 없어요."

"저도 동감입니다."

큐리에 씨가 말을 이었다.

"굳이 덧붙이자면…… 그때 왕도에는 사흉재와의 싸움을 바라는 한 명의 전투광이 있었습니다. 그 남자가 왔었더라면 사흉재는 곧 모조리 살해됐을 겁니다."

"그 남자라면…… 그 히비가미라는, 제6원의?"

고개를 끄덕이는 큐리에 씨.

마키나 씨에게서 들었는지 히비가미의 존재는 와그너스 씨도 아는 듯했다.

와그너스 씨가 한숨을 쉬었다.

"이것 참, 왕도를 구한 은인들이 도리어 배려해주다니…… 젊은데도 사람이 됐군. 마키나, 그들의 후기 수업 평가점…… 무조건으로 만점을 주어도 괜찮지 않겠느냐?"

"어머? 규율을 중시하는 아버님이 그런 말씀을 하실 줄은 몰랐네요?"

"하하, 농담이야. 하지만 그에 준하는 공적이라고 생각한다. 일단 두 사람에겐 르노우스피어 공작가의 당주로서 감사를 드려야겠지."

와그너스 시가 공손히 고개를 숙였다.

"마키나를 통해 전해도 좋으니 원하는 것이 있다면 사양하지 말고 말해다오. 뭔가 있으면 내 입장상 협력할 수 있는 범위로는 힘을 빌려주마."

"고, 고맙습니다."

이렇게 높은 사람이 고마워하니 오히려 이쪽이 위축된다.

일단 진지한 분위기가 누그러지자 와그너스 씨가 「그나저나」 하고 화제를 돌렸다.

"몇 살이 되어도 남자 하나 없는 딸이라고 생각했다만…… 나로서는 안심이 되는군. 그럴 생각은 있었던 모양이야."

와그너스 씨의 옷자락을 마키나 씨가 잡아당겼다.

"아버님? 인사가 끝났으면 이만 나가주시겠어요?"

"쿠로히코 공에게 긴히 묻고 싶은 게 있다만."

퇴실을 재촉하는 딸을 무시한 와그너스 씨가 말을 이었다.

"예를 들어…… 맺어질 상대의 체격이나 외모가 나이에 맞게 보이지 않는다 해도 이성으로서 사랑할 수 있겠나? 잘라 놓고 말하자면 실제 연령보다도 상당히 어리게 보인다는 의미이다만…… 뭐, 나도 적당한 시기에 손자의 얼굴을 볼 수 있으면 기쁘겠……."

"아버님!"

껑충 뛰는 마키나 씨!

"그만! 목적이었던 인사와 사과는 끝났잖아요! 이제 나가……
주, 세, 요!"

마키나 씨가 아버지를 떠밀며 방의 밖으로 내쫓으려 했다.

"네 외모나 체형에 대한 이야기는 내가 아니면 쉽게 할 수
없지 않으냐. 그 이야기를 하면 네가 싫어하니까…… 그러니
이럴 때는 아비인 내가 책임을 지고……."

"상대가 부친이라 해도 화낼 때는 화내요!"

"하하하, 네 힘으로 쫓겨날 정도로 늙지는 않았……."

"미스톨틴! 미스톨틴!"

"아, 알았다, 알았어……."

고유 술식명을 공격적으로 연호하는 성난 딸에게 떠밀린 와
그너스 씨는 강제 퇴실당하고 말았다.

"그렇게 됐으니."

산뜻하게 드레스 자락을 정돈한 뒤 좌우 허리에 손을 얹은
마키나 씨가 돌아보았다.

"아버님에게 휘둘리느라 전하는 게 늦었지만…… 알현 준비
가 끝났어."

살아오면서 이렇게까지 긴장했던 적이 몇 번이나 될까.

한 나라의 왕을 알현.

안내인을 따라 알현의 방으로 다가가면서 복도의 사물과 장식 수준이 올라가는 것을 나조차도 알 수 있었다.

수준이 올라갈 때마다 가까워진다는 느낌이 커져만 갔다.

참고로 제일 뒤를 걷는 마키나 씨는 평소의 고스로리 복장이지만 오늘은 평소보다 흰색이 많아 어딘가 정장 같은 분위기가 있었다.

큐리에 씨는 우아하면서도 차분한 드레스 차림.

그리고 나는 학원의 교복을 입고 있었다.

후보생으로서 만난다면 이것이 제일 좋을 거라며 마키나 씨가 추천했기 때문이다.

사실 어찌 됐든 이것 이외에 형식적인 옷은 없었지만 말이다.

그리고 노이즈는 우리와는 따로 성왕님을 만난다고 한다.

왕이 만나고 싶다고 말했지만 죄인을 《손님》 자격으로 알현의 방으로 부를 수는 없기 때문이라고.

다시 말해 공식적으로 노이즈와 만나는 기록을 남기고 싶지 않은 거겠지.

대기실이 달랐던 것도 그 탓이었던 것 같다.

얼마 후 양쪽으로 열리는 문 앞에 도착했다.

과거에 판타지 RPG에서 봤던 그것이라고 착각할 정도로 장엄한 문.

문에는 크리스털이 박혀 있고 성수의 줄기가 연상되는 금장식도 새겨져 있었다.

정말이지 대단한 분위기였다.

문이 엄중히 열렸다.

안내인이 옆으로 이동해 「이대로 나아가주세요」 하고 고개를 숙였다.

안내인이 사라져 선두가 된 나는 그녀의 말대로 앞으로 나아갔다.

긴 융단의 양옆에는 가신들로 보이는 사람들이 서 있었다.

여기저기 아는 얼굴도 있었다.

가이덴 씨나 방금 만났던 와그너스 씨.

자세히 보니 옥좌 옆의 기둥 근처에는 디아레스 씨의 모습도 보였다.

들은 대로 융단을 밟으며 나아가자 옥좌에 앉은 엄격해 보이는 가는 얼굴의 노인과 대면.

저 사람이 성왕님.

성무제에도 참석했기에 얼굴은 알고 있었다.

얼굴에 새겨진 강한 주름은 엄격함의 상징처럼 보였다.

키가 크고 허리는 굽지 않았다.

지팡이는 걸음을 지탱하기 위한 것이 아니라 왕의 석장이겠지.

얼핏 보니 눈매는 온화했다.

그러나 그 눈동자의 안에는 현자의 눈빛이라고 할 수 있는 깊이가 느껴졌다.

그런 왕의 옆에 무뚝뚝한 얼굴로 선 사람은 제2왕자인 유그드 왕자.

가볍게 마른 침을 삼키고서 마키나 씨에게서 배운 것처럼 무릎을 꿇었다.

큐리에 씨와 마키나 씨도 마찬가지로 무릎을 꿇었다.

"사가라 쿠로히코, 큐리에 벨스테인, 두 사람을 데리고 왔습니다."

마키나 씨가 평소와 다르게 정중한 말투로 말했다.

"수고했다, 마키나 양."

이런 것을 위엄 있는 목소리라 하는 걸까.

정통파 왕의 풍격을 연상하게 하는 깊은 울림이었다.

마키나 씨가 미리 알려주었던 대로 시선으로 사인을 보내기에 나는 입을 열었다.

"성 르노우스레드 학원의 성수사 후보생, 사가라 쿠로히코라 합니다. 이, 이렇게 만나 뵙게 되어 영광입니다."

내가 인사하자 큐리에 씨도 똑같이 뒤를 이었다.

인사를 마치자 성왕님이 일어나는 기척이 났다.

"금주술사, 전처녀…… 잘 와주었다. 어디, 고개를 들어 보아라."

우리는 고개를 들었다.

마키나 씨에 의하면 이런 대화는 일종의 의례와 같은 것이라고 한다.

"……"

음…… 이 침묵도 일반적인 것일까?

나는 이대로 잠자코 있어도 괜찮은 걸까?

어떻게 말하면 좋을지 전혀 알 수 없었다.

마키나 씨는 기본적으로 질문에 답하는 식이면 되고, 여차하면 도와주겠다고 말했는데…….

성왕님이 쓴웃음 지었다.

"그대들은 구국의 영웅이라 불리기에 마땅하다. 따라서 본래라면 그리 격식을 차릴 필요는 없다만…… 뭐, 이런 갑갑함도 나라를 나라답게 만드는 의식의 일종이지. 다소 형식적이라 불편할지도 모르지만 잠시 참아주게나."

뭐랄까, 성왕님 나름대로 배려해주는 것 같았다.

강함과 부드러움이 동시에 존재하는 인상이었다.

"우선 지난 사흉재 습격의 일, 왕으로서 별반 지원하지 못했던 점을 사과하겠다. 들자니 능구렁이 같은 궁정 마술사가 먼저 새치기를 했다는 모양이다만."

왕의 말에 와그너스 씨는 농담 섞인 노련한 미소를 떠올릴 뿐이었다.

지금 대화를 들어보니 평소 두 사람이 얼마나 사이가 좋은지를 유추할 수 있었다.

그보다…… 지금 것도 아마도 내 긴장을 풀어주기 위해 분위기를 가볍게 해주신 거겠지. 주변 사람들이 성왕님을 모시는 이유를 알 것만 같았다.

"저기."

내가 입을 열자 주목이 쏠렸다.

"그게, 어디까지나 제 개인의 인상입니다만…… 저번 사흉재 습격은 저마다가 생각할 수 있는 최선의 행동을 선택했다고 생각합니다."

"흠."

"이곳 왕도에 있는 모두가 자신이 할 수 있는 최선을 다한 결과, 인적 피해가 확대되지 않고 사흉재의 위협을 물리쳤다고…… 저, 저는 그렇게 생각합니다."

……이렇게 말하면 될까.

다시 말해 나로서는 마지막까지 성에 남겠다고 말한 성왕님의 행동도, 반대로 그를 피난시키려 한 와그너스 씨의 행동도 틀리지 않았을 것이라고 말하고 싶은 건데…….

성왕님이 온화한 눈으로 나를 보았다.

"겸허하군, 쿠로히코 공은."

왕에게 《공》이라는 호칭으로 불리니 묘하게 부끄러운데…….

그 후에는 분위기도 상당히 부드러워져 다양한 칭찬의 말을 받았다.

"후일 그대들에게 무언가 포상을 내릴까 생각한다만…… 무언가 바라는 건 없는가? 있다면 이 자리에서 듣지."

성왕님이 포상의 이야기를 시작했다.

……포상이라.

"큐리에 공은 어떤가?"

큐리에 씨는 무릎 꿇고 고개를 숙인 채 잠시 생각에 잠긴 뒤, 사죄의 말을 꺼냈다.

"죄송합니다. 바로 떠오르지는 않습니다. 저로서는…… 이곳 왕도에서 평범하게 생활할 수 있는 것이 포상과도 같은 것이라."

"그대는 그 종말향의 제6원 출신자라 하더구나."

"그렇습니다."

분위기가 팽팽해졌다.

지금까지 제6원의 이야기는 분위기상 피하고 있던 것 같았다.

나는 익숙한 이야기다. 그러나 대부분의 사람에겐 악명 높은 제6원에 대한 이야기는 꺼림칙한 이야기라고 할 수 있을지도 모른다.

큐리에 씨는 나쁜 짓을 꾸밀 사람이 아니다.

그러나 제6원의 인간이라는 틀로 보면 악평이 끊이지 않는 시대가 있었던 것도 사실이다.

온화함이 사라진 알현의 방에 긴장된 공기가 흘렀다.

"큐리에 공."

"네."

"그대가 제6원에서 보낸 시기에 비하면…… 이곳 왕도의 삶은 행복하다 할 수 있겠는가?"

"……예?"

자신도 모르게 솔직한 표정으로 멍해진 큐리에 씨.

예상 밖의 질문이었겠지.

더 살벌한 질문을 예상했던 듯하다.

사실 나도 그렇게 예상했다.

"그, 그렇습니다……."

정신을 차린 큐리에 씨는 당황한 기색으로 긍정의 말을 꺼냈다.

성왕님의 표정이 살며시 부드러워졌다.

"그렇다면 기쁜 일이군. 앞으로도 성수사 후보생으로서, 또한 이 왕도에 사는 한 인간으로서, 큐리에 공이 더욱 행복한 생활을 보내길 기도하마."

"모, 몸둘 바를 모르겠습니다."

아직 당황이 가시지 않은 채 공손히 고개를 숙인 큐리에 씨.

음, 이게 성왕 로데오트 르노우스레드인가.

성인이랄까, 인격자랄까.

"그럼…… 그대는 무언가 바라는 포상이 있는가, 쿠로히코 공."

왔다…… 내 차례.

침을 삼키고 이야기를 꺼냈다.

"만약 허락된다면…… 성왕님께 한 가지 소원이 있습니다."

"호오? 말해보아라."

확실히 성왕님을 올려다보며 소원을 말했다.

"제게 특급 성유적 공략의 허가를 내려주셨으면 합니다."

순간 술렁임이 일었다.

이곳에 있는 대다수의 인간이 상상하던 포상과 비교하면 전혀 다른 소원이었을지도 모른다.

"호오, 특급 성유적이라고?"

"물론 후에 마땅한 정식 절차를 따른 방식으로 지금 공략을 담당하는 성수 기사단 측에 승인을 요청할 생각입니다. 그러나 듣자니 특급 성유적 공략에는 먼저 성왕님의 승인이 필요하다고 들었습니다."

성수의 수호자인 성수사는 왕에게서 수훈을 받은 기사인 것이나 마찬가지인 존재.

성수사는 특급 성유적의 공략 허가를 받았다.

다시 말해 후보생이 성수사가 되어 기사단에 들어가면 자동으로 왕에게서 특급 성유적 공략 허가를 받게 되는 것이다.

그러나 사가라 쿠로히코는 아직 후보생인 입장.

공략 허가를 받지 못했다.

디아레스 씨가 왕의 승인이 필요할 것이라고 말한 것은 그런 이유였기 때문이다.

"후보생인 몸으로 특급 성유적에 도전하고 싶다는 뜻인가?"

성왕님이 뭔가 확인하는 눈으로 나를 보았다.

"사정이 있는 모양이군."

"학원 졸업을 기다릴 수 없는 개인적인 사정이 있습니다."

"흠."

살짝 고개를 숙이듯 생각에 잠긴 성왕님.

지금의 내 요청이 어느 정도로 어려운 부탁인지는 모른다.

특례를 인정해도 좋은 것인지도 알 수 없다.

그러나 말하지 않을 수는 없었다.

결과가 어떻든 할 수 있는 일을 해두고 싶었다.

"좋다."

어?

"사가라 쿠로히코의 특급 성유적 공략을 인정한다."

"가······."

나는 깊숙이 고개를 숙였다.

"감사합니다."

"음."

성왕님의 시선이 옆에서 대기하던 디아레스 씨에게 보내졌다.

"디아레스."

"네."

"나는 특급 성유적에 대한 지식이 깊다고는 할 수 없다. 왕으로서 허가를 내렸지만 앞으로 사가라 쿠로히코에 대한 특급 성유적 공략에 대해서는 기사단에 일임한다."

"받들겠습니다."

디아레스 씨는 나에게 아이 콘택트를 보냈다.

해냈군요, 하는 눈이었다.

알현이 끝난 뒤, 성왕님은 퇴실하며 가볍게 인사했다.

그리고 와그너스 씨, 가이덴 씨, 다른 일부의 가신들을 데리고 옥좌 옆에 있는 문 너머로 떠났다.

성왕님이 사라진 것을 확인한 가신 중 한 명이 옥좌의 옆에서서 알현 종료를 알렸다.

마키나 씨가 깔끔한 동작으로 일어섰다.

알현 중 그녀의 행동은 정말이지 귀족다웠다.

알고 지낸 지도 제법 됐다고 생각했지만, 역시 내가 모르는 모습도 잔뜩 있다는 것을 실감했다.

"둘 다 수고했어. 그럼 우리도 이만……."

"잠깐."

옥좌 옆에서 한 남성이 말을 꺼냈다.

유그드 왕자.

그는 성왕님과 함께 퇴실하지 않았다.

유그드 왕자의 발언으로 순식간에 이곳에 남아 있던 가신들이 조용하게 수군거렸다.

왕자가 이쪽으로 다가왔다.

"이대로 퇴실하려 하다니 우습군. 금주술사여, 아직 왕자인 나에게는 인사가 아직인 것 같다만?"

"유, 유그드 왕자님?"

마키나 씨가 당황했다. 예정에 없었던 흐름인 듯하다.

"마키나는 조용히 있어라. 나는 지금 금주술사와 이야기하고 있다."

유그드 왕자가 못을 박듯 큐리에 씨를 보았다.

"너도 내가 허가할 때까지 입을 다물어라, 큐리에 벨스테인. 이곳 왕도에서 앞으로도 **행복하게** 살고 싶겠지?"

나는 큐리에 씨에게 눈으로 신호를 보냈다.

여기는 맡겨달라고.

큐리에 씨는 불안감을 드러내면서도 살짝 끄덕였다.

나는 목을 가다듬고 왕자에게 고개를 숙였다.

"인사가 늦어 죄송했습니다, 유그드 왕자님. 성 르노우스레드 학원의 후보……."

쏙.

말하는 도중 허벅지를 발로 밟혔다.

"그건 이미 들었다. 왕자인 내게서 시간을 빼앗지 마라."

"……실례했습니다."

성왕가의 제1왕자가 병약하기 때문에 차기 성왕은 제2왕자인 이 유그드 왕자라고 들었다.

알현의 방에 참석하지 못할 정도로 몸이 약한 제1왕자를 생각하면 젊고 건강한 제2왕자가 차기 성왕으로 기대를 받는 것이 자연스러운 흐름이니 이해할 수 있다.

그리고 제3왕자인 롬 왕자는 다른 왕자와 비교하면 아직 젊은 데다 유그드 왕자 정도의 정사 수완을 기대하지 않는다고 한다.

성격에 다소 문제는 있지만 유그드 왕자 이외에 차기 성왕인 후계자가 없다. 그것이 내가 아는 정보다.

듣자니 많은 가신과 귀족들은 다음 성왕의 눈 밖에 나선 안 된다며 겉으로는 유그드 왕자에게 거스르지 않는다고 한다.

그러나 그런 탓인지 최근 그의 제멋대로인 행동이 보이기 두드러지기 시작했다고.

기사단 사람들이 이것저것 알려주었기에 나도 전보다 왕가 쪽 사정을 자세히 알게 됐다.

"잘도 아버님의 환심을 샀군."

얼굴은 보이지 않는다. 그러나 내려다보는 분위기는 전해졌다.

아니, 그렇다기보다 이건…… 적의에 가깝다.

"모르겠군……. 다들 출신도 알 수 없는 이국인을 받들고 있어. 금주라는 정체를 알 수 없는 힘을 다루는 남자의 존재를 아무도 기분 나쁘다고 생각하지 않는 건가? 다들 어떤가?"

유쾌한 듯이 묻는 왕자에게 반응하기 곤란한 분위기가 감돌았다.

질문을 받은 사람들의 어색한 미소가 눈에 선하다.

"흠, 그렇군…… 괴물 나름대로 무해하다고 가장하는 방법을 익힌 건가. 호인이 많은 이 나라에 와서 다행이겠군? 그 선한 겉모습에 세실리 아크라이트도 속아 넘어간 건가."

응? 세실리 씨……?

"오, 어깨가 움직였군. 꼼짝도 안 하니 내 후광에 무릎을 꿇은 채 기절했나 싶었지."

"……."

숨죽이는 마키나 씨의 기척.

"하지만…… 이렇게 발을 놓기 좋은 자세를 유지한 점은 평가해주지."

숙인 내 머리를 왕자가 발로 밟았다.

"입장을 잘 이해해줘라, 금주술사. 나는 차기 성왕이 될 정통 왕족. 그리고 넌 이 나라에 흘러들어온 일개 용병에 불과해."

"이 자식……."

험악해진 큐리에 씨가 일어서려 했다.

동시에 마키나 씨도 뭔가 입을 열려는 분위기였다.

그러나 두 사람의 행동이 멈췄다.

"왕자님."

내가 먼저 말을 하는 것으로.

"만약 제 태도에 문제가 있었다면 사죄드립니다."

"호오? 제법 기특하군. 더 난폭한 녀석이라고 생각했다만……
흥, 조금이라도 반항했다면 유쾌한 장면을 볼 수 있었을 텐
데. 재미없군."

전에 마키나 씨가 왕자 한 명이 세실리 아크라이트에게 열
을 올리고 있다는 이야기를 들었던 적이 있었다.

열을 올린 왕자의 이름은 아마도 제롬 왕자.

제3왕자다.

유그드 왕자와 디아레스 씨, 제롬 왕자와 세실리 씨는 서로
비슷한 연령대라고 한다.

가이덴 씨가 성왕과 친밀한 탓도 있어 예전에는 두 가문의
형제끼리 만날 기회도 많았다고 한다.

그런 나날을 보내던 중 제롬 왕자가 세실리 씨에게 푹 빠져
버렸다는 이야기다.

뭐, 남자라면 세실리 아크라이트에게 반하는 것도 어쩔 수
없겠지.

그리고 유그드 왕자는 그 동생인 제롬 왕자를 무척이나 아
낀다고.

다시 말해 사가라 쿠로히코는 제롬 왕자의 연적이라고 생각

하는 면이 있다.

유그드 왕자가 사랑하는 동생의 연적에게 적의를 품었다······ 그런 생각도 할 수 있다.

그러나 과거에 큐리에 씨가 성에 갈 때 세실리 씨가 동반 후보에서 떨어진 이유는 제롬 왕자와 만나는 것을 피하기 위해서일지도 모른다고 들었다.

제롬 왕자는 바탕이 조심스러운 성격이지만, 때와 장소에 따라선 이상할 정도로 진취적이게 되는 언밸런스한 성격이라고 한다.

그 진취적인 면을 거북하게 느낀 세실리 씨가 제롬 왕자를 피하고 있을 가능성이 높다.

음······ 그렇다면 세실리 씨 쪽도 호감이 없다는 것 같은데.

"쳇."

노골적으로 불만을 담아 혀를 차는 소리.

"전혀 반응이 없군. 금주술사라는 호칭만 거창하고 실상은 얼간이었나."

"······."

어떻게 대답해야 좋을까? 잠자코 있는 것이 정답인가?

"마키나."

응?

"네놈이 담당한 학원은 후보생을 어떻게 길들이고 있지?"

타깃이······ 마키나 씨가 됐어?

"······그 말씀은?"

약간 당황한 기색의 마키나 씨.

"질문을 질문으로 답하지 마라. 총명한 그대답지 않군."

"시, 실례했습니다."

"왕족의 질문에 변명만 하는 후보생을 기르는 것이 네 학원의 교육 방침인지 물었다."

"그, 그러한 방침이 있는 것은 아닙니다만……."

"하지만 실제로 여기에 네 학원에 다니는 후보생이 나를 무척이나 불쾌하게 만드는구나. 이건, 그렇지…… 앞으로 학원에 대한 다양한 평가를 검토해야 할지도 모르겠군. 알겠나? 이건 학원장인 네 무른 성격이 초래한……?!"

유그드 왕자가 한 발 뒤로 물러났다.

"큭."

겁에 질린 눈동자에는 《사가라 쿠로히코》가 비쳤다.

왕자의 눈에 비친 나는 어째서인지 내가 아닌 것만 같았다.

"……."

"뭐, 뭐냐…… 너…… 내게 이러한……."

나는 어떤 대우를 받아도 좋다.

매도당해도.

욕을 들어도.

머리를 짓밟혀도.

그러나 마키나 씨에게 그 칼끝을 돌린다면…… 설령 상대가 왕족이라 해도 이야기는 달라진다.

누구든 상관없다.

내게 《적》이 된다면 **그것뿐인** 이야기다.

"크…… 크크…… 그렇군, 그게 본성이라는 건가. 흥…… 세실리 녀석도 이 본질을 몰라보고 우직한 강함에 끌린 건가. 제롬 녀석도 불쌍하군. 보석이라 불리는 여자도 결국 눈이 멀었을 뿐인……."

……그렇군, 그쪽도 겨냥하는 건가.

어떻게 해서든 나와 적대하고 싶다는 건가.

좋다. 그렇다면…….

"유그드."

내가 다리와 팔에 힘을 준 순간이었다.

방금 모습을 감췄던 문에서 다시 성왕님께서 모습을 드러내셨다.

"아, 아버님?!"

"네가 남아 있던 게 신경 쓰여 확인하러 와봤더니…… 이 나라를 구한 영웅에게 트집이나 마찬가지인 무례를 저지를 줄이야."

성큼성큼 다가오는 성왕님에게 왕자가 변명을 시작했다.

"아닙니다, 아버님! 이 남자는……!"

성왕님이 손등으로 왕자의 뺨을 때렸다.

"부끄러운 줄 알아라, 유그드."

"아, 아버님……?!"

"그 모습을 보니 아직 왕의 자리를 넘겨줄 순 없겠군."

"……큭!"

왕자가 퉁명스럽게 뒤로 돌았다.

"가자, 디아레스!"

디아레스 씨는 성왕님에게 고개를 숙인 뒤 불쾌함을 감추지 못하고 퇴장하는 왕자의 뒤를 따랐다.

문이 닫히자 성왕님이 한숨을 쉬었다.

"녀석은 곱게 자란 탓에 지나치게 자존심이 강해졌지."

안타까워하는 성왕님.

"유그드가 철이 들 무렵, 나는 오랫동안 몸이 좋지 않아 병상에 누워 있었다. 부모로서 제대로 된 교육을 하지도 못했지. 그러니 유그드의 무례는 내 책임이기도 하다."

성왕님이 우리에게 고개를 숙였다.

"한 아비로서 아들의 무례를 사과하마. 미안하다."

"아니요…… 서, 성왕님께서 그렇게 고개를 숙이실 필요는……."

어느새 내 분노도 온데간데없이 사라졌다.

이런 식으로 사과를 받으면 아무런 말도 할 수 없다.

음, 성왕가는 성왕가대로 복잡한 사정이 있네…….

그러나 나는 생각했다.

"……."

일단 유그드 왕자가 《적》이 될 가능성은 마음에 담아둘 필요가 있을지도 모른다.

　알현과 알현 후의 말썽을 마친 우리는 알현 전에 대기하던 방으로 돌아갔다.

　이제부터 성왕님과 노이즈가 비밀리에 만난다고 한다.

　우리는 그것이 끝나기를 기다리기로 했다.

　방으로 돌아가자 마키나 씨가 유그드 왕자의 이야기를 시작했다.

　"유그드 왕자가 아끼는 동생 제롬 왕자가 최근 너와 세실리 아크라이트의 관계를 알고서 방에 틀어박히게 됐다는데, 그런 동생의 모습을 보고 유그드 왕자는 가슴 아파했다고 해."

　"그건 아무리 생각해도 쿠로히코에겐 아무런 잘못이 없잖아. 쿠로히코를 탓하다니 엉뚱하군."

　큐리에 씨가 비난하듯 말했다.

　"그래. 물론 쿠로히코에게 잘못은 없어. 세실리도 원해서 지금 관계가 된 것이니까. 하지만……."

　마키나 씨가 복잡한 얼굴을 했다. 어려운 문제를 앞에 둔 것만 같은 표정이었다.

　"유그드 왕자는 그런 성격이지만 유능한 인물이기도 해. 차기 성왕의 자리를 기대 받을 정도로 말이야. 그를 지원하는 귀족도 많아."

　그 후 마키나 씨는 노이즈를 지켜볼 역할이 있기에 방에서 나갔다.

나도 함께 방을 나섰다.

밖으로 나온 이유는 화장실에 가기 위해서였다.

어디인지 몰라 함께 방을 나온 마키나 씨에게 위치를 물었다.

그리고 마키나 씨와 헤어진 나는 학원의 것보다 수준 높은 성의 화장실을 사용하고 나와서는…….

"……기, 길을 잃었어."

성 르노우스레드 성은 무척이나 넓어 복도 모양이 전부 비슷하다.

……학원과는 다르게 처음 온 곳이니 어디든 같은 복도로 보이는 것이겠지만.

더욱이 곤란하게도 걸으면 걸을수록 인적이 드물어졌다.

메이드나 병사의 모습이 보일 때 솔직하게 방의 위치를 물어볼 걸 그랬다.

그보다 여긴 대체 어디일까?

자신이 한심해 풀이 죽은 채 복도 모퉁이를 돌려고 할 때였다.

"뭐라고?"

어라? 이 목소리는…….

"사가라 쿠로히코에게 사과하는 편이 현명하다고 말씀드렸습니다."

유그드 왕자와…… 디아레스 씨?

"그래. 최근 남매 둘이서 그 금주술사와 가까워졌다고 했지."

"후후, 부정하지는 않겠습니다."

흔들리지 않는 디아레스 씨의 태도 탓인지 유그드 왕자의 열기도 기세가 빨리 식은 인상이었다.

혀를 차는 유그드 왕자.

"다른 사람이라면 몰라도…… 자네 말이니까. 일단은 들어 보지. 너는 정에 얽매이지 않는 사람이야. 그 점은 신뢰하고 있다."

"고맙습니다, 왕자님."

"그래서?"

"역시 금주술사와 적대하는 것은 피하는 것이 좋을 듯합니 다. 왕자님의 미래를 생각해서라도."

"어째서지? 제롬 일도 있지만 그 녀석은 떠돌이라고 들었 다. 언제 다른 나라에 꼬리를 흔들기 시작할지 모르는데."

복도의 벽에 등을 기댄 디아레스 씨에게 왕자가 손가락질했다.

"알겠나? 성무제 도중 금주술사는 그 《루벨아르간의 마녀》 와 남몰래 만났다더군."

"친밀한 것은 사실인 듯합니다. 하지만 제 견해로는 금주술 사가 르노우스레드를 버릴 가능성은 없는 것이나 마찬가지일 겁니다."

"어째서 그렇게 단언할 수 있지?"

"다양한 요인이 있습니다만, 지금 그가 동생인 세실리를 배 신하고 다른 나라로 가지는 않을 겁니다. 세실리 자신도 아크 라이트 가문을 쉽게 버릴 수는 없을 테고요."

"네 동생이라면 금주술사를 이 나라에 묶어둘 수 있다는 뜻인가?"

"말씀드렸던 것처럼 이유는 그것만이 아닙니다만…… 동생의 존재만으로도 충분히 묶어둘 사슬이 될 테죠."

"네 속내를 알겠다, 디아레스."

왕자가 가학적인 미소를 떠올렸다.

"그러니까 제롬에 대해서는 참고 네 동생을 조용히 금주술사에게 넘기라고 말하는 거로군?"

미소 짓는 디아레스.

"그런 견해도 가능하겠지만 저는 어디까지나 사실을 말씀드렸을 뿐입니다."

"흥."

왕자는 콧방귀를 뀌며 내키지 않는 표정으로 머리를 쓰다듬었다.

"내가 제롬에게 무르다는 건…… 나도 알고 있다. 그 아이가 네 동생과 이어진다 해도 잘 풀리지 않겠지. 빠르게 파담될 게 분명해."

"음? 이거 뜻밖의 말씀이군요. 뭐, 혜안이 있으신 왕자님다운 인식이라고 할 수 있겠습니다만."

"지금 그 발언, 자칫하면 불경죄다."

"후후, 실례했습니다."

"하지만 제롬의 그 낙담한 모습을 보고 있으면 참을 수 없이 금주술사가 싫어져서 말이야."

"여동생 쪽은 불문으로?"

"……난 네 동생이 불편하다. 이야기를 나눌 때마다 어째서인지 항상 가면을 쓴 상대와 대화하는 것 같거든."

"모두가 생각하는 것보다 복잡한 아이입니다. 평범한 남자는 상대하기 버겁겠죠."

한숨을 쉬는 왕자.

"그래서 그 평범하지 않은 남자라는 금주술사에게 내가 사과하라고?"

"잘 생각해주십시오. 그자는 사흉재를 둘이나 죽였습니다."

"……."

"사흉재의 존재가 제국의 동방 침략을 단념시킨 사실은 왕자님도 아실 터. 다시 말해 그에게는 그만한 힘이 있다는 뜻입니다."

"보기에 따라선 국가 수준의 전력이라는 건가."

"네. 게다가 견해를 달리하면 그가 만에 하나라도……."

디아레스 씨의 목소리가 날카로운 칼날 같은 울림을 띠었다.

"당신과 제롬 왕자를 없애려 든다면…… 아마도 실행할 수 있을 겁니다."

왕자에게서 깊은 생각에 잠긴 기척이 났다.

"즉 너는 이렇게 말하고 싶은 건가? 친밀한 인간이라는 사슬…… 예를 들어 네 동생 등의 존재로 금주술사를 이 나라의 장기말로 길러두는 것이 옳다고?"

"금주술사의 이름은 이미 다른 나라에도 퍼졌습니다. 억지력으로서도 충분히 유용할 겁니다."

"······제어할 수 있는 상대인가?"

"응대만 실수하지 않으면 가능하다 보고 있습니다. 덧붙이자면 사가라 쿠로히코는 이미 5대 공작가 사람들과도 연줄이 있습니다."

"그 점을 생각해서라도 마찰을 피하는 편이 현명하다는 거로군."

"왕자님은 소규트나 페라리스 가문 사람이 특히나 불편하시죠?"

"······그렇지."

굳히기에 들어가듯이 디아레스 씨가 덧붙였다.

"그리고 아버님은 그렇게 말씀하셨지만 저는 당신에게 왕의 자격이 충분하다고 생각합니다."

"흥, 잘 알고 있군!"

빙그레 웃는 디아레스 씨.

"다만 당신의 지나치게 강한 욕망과 자존심을 제어할 수 있다면 말입니다."

만족스러워하던 왕자에게서 석연치 않은 기운이 나오기 시작했다.

혀를 차는 왕자.

"너는 정말이지 사람을 잘 구슬리는군, 디아레스."

"후후, 칭찬해주셔서 영광입니다."

"······알았다. 그러지."

졌다는 듯이 왕자가 한숨을 쉬었다.

"이번엔 장래를 보고 금주술사에게 아까 있었던 일을 사과하겠다. 다만……."

"조건이 있으신가요?"

"가신이나 성 내부 사람에게 사과한 일이 새어나가도록 해라. 특히 아버님의 귀에는 확실히 전해지도록 말이야."

"숨기는 것이 아니라는 말씀입니까?"

"그래. 그러는 편이 결과적으로 내 평가가 오르겠지."

"그렇군요. 미래를 생각하시는 그 자세에는 경의를 표합니다. 그럼 그렇게 준비하겠습니다."

"흥, 이번엔 네 생각대로 움직여주마."

"후후, 부디 그렇게 해주십시오."

"그나저나……."

왕자가 유감스럽다는 듯이 말했다.

"어째서 여자로 태어나지 않았지? 만약 네가 여자로 태어났더라면 망설이지 않고 왕비의 자리에 앉혔을 텐데."

날카로운 재능꾼 공기가 사라지고 곤란한 분위기가 된 디아레스 씨.

"그렇게 말씀하셔도 말이죠."

"뭐, 안심해라. 내가 왕의 자리에 앉게 되면 너는 왕의 검술 지도역에 앉혀주마."

"영광입니다."

"잘 들어라. 왕이 된 후에도 나를 잘 도와라. 그렇게 하면 아크라이트 가문의 장래도 보장받을 거다."

"그날이 오기를 기다리겠습니다."

……음.

잘 풀린 건가?

적어도 디아레스 씨가 나를 배려해 발언해준 것은 알 수 있었다.

굳이 《억지력》이라든가 《유용》이라는 단어를 사용해 나와의 거리감을 연출한 점도 대단했다.

확실히 사람을 잘 구슬린다는 왕자의 평가는 정확한 것인지도 모른다.

그나저나…… 이번엔 어쩌다 지났을 뿐인데 인적이 없는 복도에서 이런 대화가 벌어질 줄이야.

음, 유그드 왕자에 대한 문제는 디아레스 씨가 왕자의 곁에 있으면 괜찮은 것 같아졌다.

"그럼 금주술사에게 가자, 디아레스."

"네."

……어라? 혹시 지금 바로 그 대기실로 가는 건가?

그렇다면…… 서, 서둘러 돌아가야 하는데!

나는 기척을 죽이려 노력하며 살짝 그 자리를 떠났다.

"……."

그러고 보니 길을 잃은 상태였다!

어쩌지?!

게다가 이럴 때 왜 사람이 안 보이는 거야?!

"쿠로히코? 이런 곳에서 무슨……."

오오, 만났다!

"마키나 씨!"

"잠깐?! 갑자기 껴안다니 무, 무슨 일이야?!"

"앗!"

이런. 든든한 사람과 만난 것이 기뻐 나도 모르게 껴안고 말았다.

"죄, 죄송합니다!"

"저, 정말이지……."

"마키나 씨는 어째서 여기에?"

얼굴을 붉힌 마키나 씨가 안겼던 탓에 살짝 흐트러진 옷을 가다듬었다.

"마침 노이즈 쪽 일이 끝났거든. 너야말로 이런 곳에서 대체 무슨 일이야?"

"실은 그게, 화장실에 갔었다가…… 길을 잃어서요."

"아, 그렇구나. 그럼 천천히 둘이서……."

나는 무릎을 굽혀 마키나 씨의 두 어깨에 손을 얹었다.

"서, 서둘러 돌아가고 싶어요!"

"뭐?"

"사정이 있어요! 서둘러 그 방으로 데려가 주세요! 제발 부탁이에요!"

"아, 알았다고……!"

마키나 씨가 몸을 돌려 내 손을 꼭 잡았다.

여전히 말랑거리고 부드러운 손이…… 감촉을 느끼고 있을 때가 아니다.

"자, 이쪽이야."

마키나 씨를 따라 대기실로 도착한 뒤 서둘러 돌아온 이유를 설명하기 시작했을 때, 방문이 열렸다.

"……실례하지."

유그드 왕자가 디아레스 씨와 몇 명의 가신을 데리고 들어왔다.

큐리에 씨가 경계했다.

마키나 씨는 조금 당황한 기색.

두 사람은 《지금 이 방에 내가 있는 편이 좋을 것 같다》는 식의 설명밖에 하지 못한 상태였다.

그래서 두 사람은 왕자가 올 것을 몰랐다.

왕자가 큐리에 씨와 마키나 씨를 슬쩍 보았다.

"잠시 금주술사에게 볼일이 있다."

내 쪽으로 다가오는 왕자. 나는 다시 무릎을 꿇었다.

"제게 무슨 일이십니까, 왕자님."

"고개를 들라."

"네."

얼굴을 들었다.

"나중에서야 아까의 내 행동이 다소 도가 지나쳤다고 반성하게 됐다. 언짢은 일이 있었는데 그 불만을 네게 쏟아낸 행동을 해서 미안했다."

"왕자님께서 저처럼 미천한 자에게 직접 사과하시다니……
제게는 과분합니다."

이렇게 말하면 괜찮을까, 내심 두근거리며 답했다.

"흥…… 구국의 영웅으로 아버님에게서 후대를 받은 금주술
사에게 아들로서 질투한 점도 있지. 하지만 그 이후로 구국의
영웅과는 좋은 관계를 맺어둬야 한다고 마음을 고쳤지. ……뭐,
여기 있는 디아레스 아크라이트의 조언도 있었다만."

허와 실을 잘 섞는다.

하나부터 열까지 거짓이 아닌 느낌이 말에 진실성을 가미했다.

"어쨌든 아까의 내 행동은 차기 성왕 후보로서 부끄러운 것
이었다. 부디 이런 나를 용서해주겠나? 금주술사."

이 왕자의 사죄는 디아레스 씨의 계획이기도 하다. 그리고
나는 그것을 알고 있다.

그래서 나도 디아레스 씨의 계획에 올라야 한다.

"저와 같은 사람이 왕자를 용서하다니…… 분에 넘치는 일
입니다. 하지만 좋은 관계를 맺고 싶다는 점에 대해서는 감사
할 따름입니다."

"음, 이해가 빠른 남자라 다행이군."

뭐, 나는 이렇게 된 사정을 알고 있으니까.

그러니 이해가 빠른 것도 당연하다면 당연하다.

"네 관대한 대응은 기억해두마, 금주술사."

"감사합니다."

그때 왕자의 음색에 변화가 보였다.

"흠? 생각보다 예의 바른 남자인 모양이군. 실제로 처음의 내 감정적인 태도에 문제가 있었을지도 모르지…… 안 그런 가? 디아레스."

"평소 개인적으로 접해본 경험으로 말씀드리자면, 그는 무척 사람 좋은 성수사 후보생입니다. 막상 전투가 벌어지면 귀신과 같은 얼굴이 되지만요."

"그렇군, 온화함과 격렬함의 차이가 심한 기질인가. 그건 그 것대로 흥미롭군…… 어쨌든 앞으로도 그 힘을 르노우스레드의 백성을 위해 써주길 바라지."

왕자가 손을 내밀었다.

나는 머리를 낮추며 두 손으로 잡았다.

지금 한 말은 《르노우스레드의 백성》이라는 부분을 강조한 부분이 핵심이라고도 할 수 있다.

에둘러서 《이 나라를 배신하지 마》라는 의도를 전하려는 것 이다.

"노력하겠습니다."

"음."

이상한 상황인 것 같았다. 왕자는 본심을 숨기고 대하고 있겠지만, 나는 왕자의 본심을 아는 상태로 이렇게 악수하고 있다.

"이번 일의 사과라고 하기엔 그렇지만, 특급 성유적 공략 일 은 내 쪽에서도 뭔가 지원을 해주지. 그래…… 그 성무제 습격 을 일으킨 종말의 십시군이 남긴 성마검 등이 지금 왕가의 보물 창고에 들어있다. 그걸 네게 주마. 공략에 사용하든 팔아서 필요 자금으로 삼든가 하여라."

"감사합니다."

갑작스러운 사과에서 시작된 의문의 화해에 큐리에 씨와 마키나 씨는 어안이 벙벙한 표정이었다.

뭐, 뒤에서 벌어진 왕자와 디아레스 씨의 대화를 모르니 그렇게 되는 것도 이상한 일이 아니지.

그 후 나는 다시 왕자와 굳게 악수를 했다.

"……"

그렇구나, 싶었다.

이것도 디아레스 씨가 말한 귀족 사회의 흥정이라는 것인지도 모른다.

때로는 감정이 합리적 사고를 넘어서고, 때로는 합리적 사고가 감정을 넘어선다.

합리적 사고를 취할 때는 자존심 등의 개인적 감정을 억누른다.

그것을 태연하게 해내는 점을 보면 확실히 유그드 왕자는 유능한지도 모른다.

그럼…… 일단 이렇게 《평화 협정》을 맺었으니 나도 지금은 왕자에 대한 견해를 《적》으로 삼아선 안 되겠지.

당연히 나도 원해서 《적》을 만들고 싶은 것이 아니다.

다만 적이 적으로서 적대하니 없앨 필요가 생기는 것뿐이다.

극단적인 이야기로 소중한 사람들에게 해를 끼치는 사람이 없다면 사가라 쿠로히코에게 《적》은 존재하지 않는다.

그러나 속으로 생각했다.

지금 이렇게 악수하면서도 괜찮아 보이는지 알 수 없는 억지 미소를 짓고 있다.

"……."

이런 교섭 능력이나 암약이 중요한 흥정이라는 세계는…… 역시 나와는 어울리지 않는 것 같다.

성왕님의 알현을 마친 나는 얼마 남지 않은 하기휴가를 평소처럼 지냈다.

특급 성유적 쪽은 기사단 쪽이 어느 단계에서 사가라 쿠로히코에게 공략 허가를 내릴지를 소규트 단장 일행이 몇 번인가 자리를 만들어 이야기해주었다고 한다.

그리고 그 결과 학원의 수업에 포함된 성유적 공략에서 디아레스 아크라이트가 이끄는 공략반이 세운 최고 기록을 경신한다면 특급 성유적 공략을 인정한다고…… 그렇게 결정됐다고 한다.

학원의 성유적 공략은 후기 수업 시작과 함께 해금된다.

이렇게 성무제로 타올랐던 하기휴가는 끝을 맞이하고, 드디어 후기 수업이 시작하려 했다.

제3장 성유적으로

하기휴가의 끝과 동시에 더위도 많이 풀렸다.

최근엔 밤에 잠들기 갑갑한 느낌도 적어졌다.

그리고 성 르노우스레드 학원의 후기 수업도 본격적으로 시작.

베슈검에게 중상을 입은 요제프 교관도 완치되어 사자반 담임으로서 복귀했다.

교양, 전투, 술식 세 가지 수업은 후기가 되어서도 전기와 크게 다르지 않았다.

착실하게 수업을 받으면 딱히 문제없을 것이다.

하긴 나에게 술식 수업은 아직 자습 시간이나 마찬가지지만.

후기의 가장 큰 변화라면 역시 전기 도중에서 멈췄던 성유적 공략 해금일 것이다.

"성유적 공략반을 어떻게 할지 아직 고민하고 있어?"

옆자리의 큐리에 씨가 다리를 꼬며 물었다.

"네, 뭐."

흐음, 하고 조금 짓궂은 미소를 떠올린 큐리에 씨.

"쿠로히코는 나와 둘만 있는 게 부족하다는 거구나."

"그, 그런 뜻은······."

"흥, 농담이야."

큐리에 씨는 턱을 괴더니 이번엔 놀리듯 미소 지었다.

"네 주변 여자들이 놀리고 싶어 하는 것도 이해가 되네."

"……."

그냥 둘만이라도 좋다고 결단을 내릴 것만 같은 정도로 멋진 미소.

이 사람이 가끔 보여주는 이런 미소는 돌발 이벤트이지만 순간 풍속의 파괴력이 이상할 정도로 높다.

"쿠, 쿠로히코? 야……."

내 시야에서 큐리에 씨의 손바닥이 상하 운동을 반복했다.

"어?"

"지금 정신이 다른 데 있지 않았어?"

미소에 넋이 나가 정신이 팔렸다.

"죄송해요. 큐리에 씨의 미소에 넋이 나간 모양이라서요."

"뭐?! 가, 갑자기 바보 같은 소리 마!"

확 붉어지더니 고개를 숙인 큐리에 씨.

"저, 정말이지…… 너의 그 기습에는 못 당하겠네……."

후반에는 목소리가 점점 작아졌다.

"쳇, 후기 수업이 시작되자마자 못 볼 걸 봤네……."

"분명 하기 수업 중에도 시시덕거리겠지……. 아, 상상하기만 해도 갑갑하다! 내가 갑갑해 할 때 쿠로히코는 큐리에의 저 가슴을…… 아아, 제길!"

"쿠로히코는 평소 저 매혹적인 허벅지를 마음대로 할 거라고 생각하면…… 크아악! 생각하고 싶지 않아!"

"나는 고향으로 돌아가고서 거의 말을 돌보기만 하다 끝났어. 게다가 그 말조차 수컷이라는 비정한 현실까지."

……원념이 감도는 이 분위기도 오랜만이다.

그러나 기사단을 찾을 때는 유난히 대우가 좋았기에 반대로 《금주술사님》 대우를 받지 않는 분위기는 안심되기도 하다.

벽이 없는 느낌이라고나 할까.

"야, 저기 봐! 쿠로히코가 우월감에 젖어 있어!"

"정말 짜증 나는 녀석이라니까!"

"쿠로히코 녀석은 성유적이 아니라 여자나 공략하라고 해! 착실한 나는 성유적 공략에 모든 것을 바칠 거야! 우와앙!"

"솔직히 말하자면…… 부럽다고, 젠자아아아앙!"

같은 반 아이들의 자연스러운 거리감에 고마워했을 뿐인데.

게다가 그들 속에 있는 나의 이미지는 엉큼한 짓만 하는 남자잖아.

"성이나 기사단 사람들이 쿠로히코를 대하는 태도가 변한 것은 나도 인식하고 있었지만…… 이 사자반 아이들은 좋든 나쁘든 변하지 않았군. 어떤 의미로는 존경해야 할지도 몰라."

큐리에 씨도 황당해하며 쓴웃음을 지었다.

"그나저나…… 남자라는 놈들은 시시하군."

뺨을 살짝 분홍빛으로 물들이고서 살짝 겸연쩍게 꼬았던 다리를 푸는 큐리에 씨.

"내 허벅지는 그리 대단한 게 아닌데…… 정말이지."

여전히 칭찬받거나 주목받는 일에는 익숙하지 않은 듯했다.

큐리에 씨가 교실을 둘러보았다.

"그러고 보니 세실리는 어디로 갔지?"

지금 교실에는 지크와 힐기스 씨도 없었다.

"마키나 씨에게 볼일이 있다고 했는데요."

큐리에 씨가 「그래」 하고 말하며 교실 문을 바라보았다.

"세실리 녀석이 우리와 공략반을 맺어주는 게 제일인데 말이야."

숙박 당시 공부했을 때도 생각했지만 세실리 씨의 성유적 지식은 상당하다.

원래부터 오빠의 기록을 깨는 것이 목적이었으니 입학 전부터 꼼꼼하게 준비했을 것이다.

"그러고 보니 베오자 파론텟사 쪽은 어때?"

"확인해 봤는데…… 피부르크와 바슈카나와 같은 반이었던 후보생들을 모아 그대로 재편성한 모양이에요."

베오자 씨는 이렇게 말했다.

『권유해주어 영광이지만 도중에 혼자 빠지는 것도 아름답지 않으니까요.』

그 사람다운 말이었다. 그의 고집인 미의 영역을 꺼내면 나도 물러설 수밖에 없다.

"두 회장과 아이라, 레이는?"

"그런 상태면 어느 쪽도 고를 수 없어요……."

점심시간을 시점으로 이미 나와 큐리에 씨가 공략반 동료를 찾고 있다는 이야기가 교내에 퍼진 모양이었다.

그래서 식당에서 점심을 먹고 있자니 쿠 회장이 나타나 풍기회와 함께 공략반을 맺지 않겠느냐는 권유를 받았다.

그렇게 쿠 회장이 나를 권유하는 도중, 학생회 사람들을 이끈 도리스 회장이 난입.

게다가 아이라 씨와 공략반을 맺은 레이 선배까지도 어째서인지 참전한 결과, 권유 배틀과 같은 상황이 연출됐다.

그렇게 되다 보니 한바탕 소동이 벌어졌다.

"그 모습을 보면 한쪽을 선택하면 나중에 대립이 생길 것 같기도 했고요."

그렇다면 어디도 고르지 않는 것이 옳을 것이다. 다들 친하게 지내는 것이 제일이다.

나는 말을 이었다.

"도리스 회장, 쿠 회장, 레이 선배, 아이라 씨 네 사람만이라면 같은 반을 맺고 싶은지도 모르겠지만요."

"각자 모임에 소속된 인물들과 아이라 일행과 같은 반이었던 후보생이 문제가 될 것 같군."

"네. 최고 도달 기록인 29계층 돌파만이 목적이라면 다인수로 공략하는 것도 괜찮을 거예요. 하지만……."

"그 이상이라면 죽음의 영역이 나오겠지."

"네."

성유적에서 《죽으면》 산 상태로 지상으로 전송된다.

그러나 눈을 뜰 때까지 오랜 시간이 걸린다.

최악의 경우 그대로 몇 년이나 눈을 뜨지 않는 경우도 있다.

"제 목표는 최하층이니까요."

제1금주가 있을 법한 것은 특급 성유적이다.

다만 금주의 주문서가 학원 성유적에 잠들어 있을 가능성도 제로가 아니다.

이 잡듯이 뒤진다는 표현이 적절한지는 알 수 없지만 이 학원에 있는 성유적도 최하층까지 탐색해두고 싶다.

"29계층 이후는 후보생에겐 미지의 영역…… 다시 말해 마물의 강함과 위험도 미지수라고 생각할 수 있지."

"네. 유적 안에서 죽어도 진정한 의미의 《죽음》이 아니라는 것은 알고 있어요. 하지만 죽기 직전의 선명한 기억이 사라지지 않아 정신에 악영향을 주는 경우도 있다니까요."

"함부로 위험에 처하게 두고 싶지 않다는 건가. 나도 동감이긴 해."

도리스 회장이나 쿠 회장의 실력은 성무제에서 선보인 그대로다.

그녀들에겐 강력한 고유 술식도 있다.

레이 선배도 성무제에서 강자라 부르기에 합당한 실력자라고 판명됐다.

아이라 씨는 전투 방면에서 눈부신 성장을 이뤘다.

그러나 다른 후보생들은 역시 전투 능력에 불안이 남는다.

사람이 많아질수록 공략 난도가 올라가는 것이 성유적이다.

공격해오는 마물의 수도 늘어난다.

예를 들어 과거의 블루 고블린과 같은 수의 대군이 나타나,

만약 블루 고블린보다 훨씬 강력한 마물일 경우…… 다른 후보생을 지킬 자신이 없다.

큐리에 씨가 코웃음 쳤다.

"나쁜 생각만 하는 녀석이라면 실력이 부족한 녀석은 순서대로 버리는 카드로 사용하면 된다고 생각하겠지만…… 쿠로히코는 그럴 수 없는 성격이니까."

"히비가미에겐 무르다는 말을 들을 것 같지만요."

"그 녀석이 그런 말을 한다면 내가 그 자리에서 베어주겠어. 그럼……."

큐리에 씨가 일어났다.

"일단 식당에 가서 우리 둘이서 성유적 공략을 할 수 있을지 검토해볼까."

결국 성유적 공략은 큐리에 시와 둘이서만 도전하게 될 것 같다.

"우리의 문제는 둘 다 타지인이라서 성유적의 사정에 그리 해박하지 않다는 점이야. 적을 쓰러뜨리는 것뿐이라면 문제없지만 공략 중의 식사나 유적 안에서 생활할 수 있는 지식도 필요해."

식당에 앉아 카람수가 든 컵을 한 손에 든 큐리에 씨가 문제점을 열거했다.

나와 큐리에 씨는 나름대로 성유적에 대해서 조사해두었다.

그러나 막상 깊게 조사해보면 과거 성유적의 정보를 모은 자료는 생각했던 것보다 훨씬 막대했다.

일단 하루에 몇십 계층도 돌파하는 것은 어려울 것 같았다.

특히 20계층 부근은 성유적이 아래쪽으로 나아가는 것을 **저지**하는 경향이 있다고 한다.

살아 있는 유적이라 불리는 이유다.

그러니 하루 동안 단번에 돌파할 수는 없을 것이다.

유적 안에서의 생활, 예를 들어 식사와 수면, 기타 등등을 생각해둘 필요도 있다.

"나는 방랑 생활이 길고 종말향처럼 열악한 환경에서 생활한 경험이 있어. 그러니 어느 정도 가혹한 환경이라도 문제없어. 하지만 성유적은 독자적이고 특수한 지식도 필요할 것 같아."

나는 미간을 찌푸리며 침음했다.

"음…… 지금부터 지식을 담아두려 하면 출발이 조금 늦어질 것 같네요."

둘이서 조금 서먹한 분위기가 됐다.

그렇다, 나와 큐리에 씨는 하기휴가 동안 지나치게 전투 훈련에 매진한 느낌이 있었다.

"……스콜반가에게 고전했던 것이 신경 쓰였거든."

"저, 저도 그래요."

그 괴물과 싸우며 무척이나 고전한 것이 원인으로 하기휴가 중 큐리에 씨는 전투 훈련에 매진했다.

나는 훈련 이외에도 기사단 일을 돕거나 금주의 주문서에 관련된 정보 수집도 했다. 특급 성유적의 정보도 물어보고 다녔다.

그러나 이른바 《실질적인 성유적 공략의 정보》에 대해서는 거의 손대지 않았다고 말할 수밖에 없다.

아크라이트 저택에서 숙박하며 기초 편에 해당하는 부분을 복습한 정도일 뿐……

"예전 성유적 공략 때도 깊이 들어갔다고 말할 수 없으니까요."

블루 고블린과 만난 것과 거인 토벌 작전은 얕은 계층에서 벌어진 일이다.

전부 그날에 복귀했었다.

"무, 무엇부터 시작해야 할까……?"

이렇게 어려워하는 큐리에 씨의 미소는 처음 보는지도 모른다.

뭘까…… 갑자기 우리 둘 사이에 감도는 이 공허한 느낌은.

"새삼스럽지만 우리는 상상 이상으로 전투에 특화됐네요."

"내가 달리 잘한다고 할 수 있는 건 방랑 여행의 지식과 그 도중에 익힌 요리 정도로군……."

"저는…… 마사지 치료 정도, 일까요."

"……."

타개책을 마련하자는 듯이 큐리에 씨가 힘차게 제안했다.

"이, 일단 성유적 회관에 가볼까! 관원 사람에게 가르침을 받는 방법도 있지!"

"교관님께 과거의 성유적 공략에 관한 경험을 물어보는 방법도 있겠네요! 그리고 다음에는 기사단 사람에게 학원의 성유적에 관해서 물어볼게요!"

"음! 빛이 보이기 시작하네!"

"네!"

침묵.

"……시간은 걸릴 것 같지만요."

"……으, 음."

우리의 활기 게이지가 바닥을 치고 있을 때였다.

"여기 있었군, 쿠로히코."

"어라? 지크. 힐기스 씨도."

지크와 힐기스 씨가 찾아왔다.

"지크, 그 말투를 보니 날 찾고 있었어?"

"그래. 네게 긴히 할 이야기가 있어서."

뭘까?

한 번 힐기스 씨와 시선을 마주한 지크가 입을 열었다.

"나와 힐기스는 르노우스레드를 떠나게 됐다."

"르노우스레드를 떠나다니…… 지크, 어떻게 된 거야?! 무슨 일이 있었어?!"

"미안. 설명이 부족했군."

일단 우리는 자리에 다시 앉았다.

"실은 《특별 교류생》으로서 한동안 제국의 사관 육성 기관에 신세를 지는 것이 정해졌다."

"특별 교류생?"

"단적으로 말하자면 두 국가 간에 교우의 증표지."

지크의 말에 의하면 자국의 육성 기관 학생과 후보생을 타국의 유사 기관에 맡기는 제도가 3년 동안 시험적으로 시작된다고 한다.

그 선발대로서 지크와 힐기스 씨가 선발됐다고.

"이 대륙에서 사흉재가 사라졌잖아? 그것 자체는 기쁜 일이지만 세 나라…… 특히 제국의 동방 침략의 억제력이 사라졌다는 견해가 일부에서 강해진 모양이야."

그래서 앞으로는 세 나라의 우호를 더 깊게 다지기 위하여 각국에서 방법을 구상할 방침이라고 한다.

큐리에 씨가 「흠」 하고 이해했다는 듯이 말했다.

"그 하나가 지크벨트가 방금 말한 특별 교류생 제도라는 거로군."

"마침 학원장님에게서 제국으로 갈 교류생이 나와 힐기스로 정해졌다는 사실이 공식적으로 전달됐어."

전에 학원장실을 찾았을 때 같은 층에서 지크와 힐기스 씨를 만났다.

혹시 그때 정식 통지가 있었던 걸까.

"학원의 평가점도 높은 수준이고 생활 태도에도 문제가 없음. 성무제에서도 충분한 결과를 남겼다…… 그렇게 평가된 모양이더군. 길에스 가문의 사정과 평가도 유리하게 작용했다고 들었다."

"나는 그 외에 제국 측 사정도 가미된 모양."

"제국 측 사정이요?"

내 질문에 힐기스 씨의 시선을 받은 지크가 답했다.

"지금 제국에는 아인종에 대한 차별을 완화하는 방침이 나오고 있다고 해."

전에 많은 아인종이 제국에서는 노예 취급을 당하고 있다는 이야기를 들은 적이 있다.

그 말을 술집에서 미아 씨에게 시비를 걸었던 불량스러운 남성(히비가미의 희생자이기도 하다)에게서 들었던가.

제국의 사정은 모르겠지만, 무언가 변화의 징조가 있었던 듯하다.

"교류생으로서 아인종을 받아들이는 것으로 아인종에 대한 관용이라는 측면을 보여주고 싶은 모양이야."

이미지 전략의 일환이라는 건가. 하지만.

"힐기스 씨는 괜찮아요?"

아인종에 대한 차별이 강하다는 것은 힐기스 씨에 대한 비난이 강해질 위험성도 있다.

그날 밤의 남자가 미아 씨에게 한 말을 떠올리면 그다지 긍정적으로 생각할 수 없다.

"사흉재와 싸웠던 것과 비교하면, 여유."

"하, 하지만……."

"내가 가고 싶어."

힐기스 씨는 조용하게, 하지만 강하게 말을 이었다.

"1년 있으면 돌아올 테고 지크 혼자는 걱정이니까. 지크는 무리하는 점이 있어."

그런 말을 들은 지크는 여유 있는 미소로 흘려 넘겼다.

어, 어른스럽네…….

"하지만 지크는…… 괜찮아?"

내가 조심스럽게 묻자.

"응?"

"그게…… 일시적이라지만 지크가 떠나면 쓸쓸해 할 사람도 있지 않나 싶어서."

그렇다, 지크가 좋아한다는 그녀 말이다.

역시 그녀는 쓸쓸해하지 않을까.

그러나 돌아온 대답은 내가 걱정하던 것이 아니었다.

"상담했더니…… 말리기는커녕 응원해줬어. 넓은 세계를 둘러보는 것은 반드시 좋은 경험이 된다면서."

당시를 상상하듯 눈을 감고 미소 짓는 지크.

"성장을 마치고 돌아오기를 기대하며 기다린다더군."

"그래…… 괜한 걱정이었나 보네."

뭘까.

지크와 그녀가 만들어내는 이 순수하고 로맨틱한 관계는.

그는 분명 이야기로 말하자면 주인공인 그릇이다. 내가 보증한다.

"나도 장래에 외교 면에서 힘을 발휘할 수 있으면 좋겠다고 생각해."

"외교로?"

"그래. 그러니 다른 나라에 머무는 경험은 거름이 될 테고, 이 기회에 제국 사람들과 가볍게 인맥을 만들어두고 싶어."

"흠, 흠."

"다른 나라 사람과의 인맥은 여차할 때 도움이 될 것 같으니까. 이번 교류생 이야기는 통과점이기도 해."

어쩐지 눈부시다. 이것이 바로 유능한 꽃미남 아우라라는 것인가.

무서울 정도로 빛이 난다. 게다가 전혀 불쾌하지 않다.

"하지만 쓸쓸해지겠네."

문득 입을 통해 그런 말이 나왔다.

지크는 남자 중에서 제일 사이가 좋은 친구였다.

가볍게 이야기를 나눌 수 있는 친구의 존재는 귀중하다.

"나도 쓸쓸하지만 영원히 만날 수 없는 건 아니야. 그리고 가끔 돌아올 테고."

지크가 시선을 보내자 힐기스 씨가 끄덕였다.

"그래서 쿠로히코와 큐리에게 한 가지 부탁이 있어."

뭘까?

힐기스 씨의 말에 이어 지크가 자세를 고쳤다.

"우리가 학원을 떠나는 동안 세실리 님을 너희의 공략반에 넣어주면 안 될까?"

"세, 세실리 씨를?"

"세실리 님의 성유적 공략에 대한 신념은 알고 있지?"

오빠와 마찬가지로 《세 사람》의 공략반으로 오빠의 기록을 넘어선다.

처음에 맺은 세 사람, 다시 말해 지크와 힐기스 씨 셋이서 공략을 진행한다.

"하지만 나와 힐기스는 교류생으로 제국에 간다. 그동안 세실리 님은 공략반을 맺을 상대가 없어."

큐리에 씨가 입을 열었다.

"그러니 나와 쿠로히코와 세실리까지 《세 사람》이 공략반을 맺었으면 좋겠다는 거로군."

"힐기스와도 이야기했지만 그게 최선이라는 결론이 나왔어. 물론 너희가 좋다면 말이야."

갑작스러운 이야기.

솔직히 우리에겐 고마운 이야기다. 하지만.

"세실리 씨도 받아들였나요?"

그 점이 신경 쓰였다.

"힐기스와 내가 설득했어. 시간은 걸렸지만, 제국에 교류생으로 체류하는 기간은 못해도 반년이라고 들었어. 세실리 님도 후기 수업 중에 성유적 공략을 한 번도 하지 않을 수는 없겠지. 신념을 고집하다 진급이 위험해지는 것은 본말이 전도된 이야기니까."

"저기, 지크."

마음속에서 걸렸던 점을 물어보기로 했다.

"너희가 교류생을 희망한 이유는…… 나와 큐리에 씨의 공략반에 세실리 씨를 넣기 위해서야?"

"그런 점도 없지는 않아."

지크는 생각보다 간단히 인정했다.

"하지만 나와 힐기스에게 이번 교류생 이야기는 매력적이야. 나는 방금 말했던 일이 있고, 힐기스는 제국에서 골동품을 찾아다니고 싶다더군."

"큭."

약한 부분을 찔린 반응을 보인 힐기스 씨.

골동품 수집은 힐기스 씨의 유일한 취미다운 취미라고 한다.

제국에는 서쪽 대륙의 골동품도 들어오기 때문에 희귀한 물건이 많다고 한다.

아, 그런 이유도 있었구나.

지크가 말을 이었다.

"물론 앞으로를 생각하면 세실리 님은 너희와 같은 공략반을 맺는 편이 좋을 거라고 생각했어. 세실리 님 자신도 내심 너희와 맺고 싶으셨을 거고. 하지만……."

"자신에게 엄격한 사람이니까."

힐기스 씨가 말을 이었다.

세실리 씨는 자신이 한 말을 간단히 굽히지 않는다.

"그분 나름대로 우리에 대한 염려도 있었을 거야. 너희와 맺으면 《세 사람》이서 공략할 수 있지만 나와 힐기스 공략반은 해산될 테니까."

조금 기쁜 듯이 미소 짓는 지크.

"높은 곳을 향하려면 빠르게 나와 힐기스를 쳐내고 너희와 같은 공략반이 되는 방법도 있었어. 하지만 세실리 님은 그러지 않았지. 목적을 위해 누군가를 버릴 수 없는 분이니까."

"하지만 교류생으로 오랫동안 르노우스레드를 떠난다면, 어쩔 수 없어."

힐기스 씨가 덧붙인 뒤 다시 지크에게 대화의 주도권이 돌아갔다.

"그렇게 됐다. 뭐, 이번 일은 각자에게 시기와 생각이 잘 맞물린 형태가 될지도 모르지."

어디까지 계산한 것인지 알 수 없다.

그 말대로 우연과 우연이 잘 맞물린 기분도 드는 반면, 도주로가 완벽히 차단된 기분도 든다.

제법이네, 지크도.

지크가 몸을 앞으로 내밀었다.

"여기에 오기까지 꽤나 힘들었지만…… 세실리 님은 뒷일을 쿠로히코와 큐리에의 판단에 맡긴다고 하셨다. 너희의 대답을 들려줘."

지크의 말을 떠올렸다.

『우리도 세실리 님을 맡긴다면 그런 사람에게 맡기고 싶어.』

내가 답했다.

"세실리 씨가 받아들이고 있다면…… 나로서는 꼭 같은 반이 되고 싶어."

힐기스 씨의 입가가 살며시 부드러워진 것이 보였다.

『앞으로도 네게 기대하고 있어.』

그때의 말은 지금 한 이야기와 이어진 것이라고 생각한다.

"큐리에 씨는 어떤가요?"

"나도 찬성이야. 우리로서는 세실리가 공략반에 들어오기를 거절할 이유가 없으니까. 오히려 바라던 바지."

"그럼 정해졌군."

지크가 탁상에 손을 짚고 일어섰다.

"지금부터 세실리 님께 그 이야기를 전하러 가자."

세실리 씨는 사자반 교실에서 기다리고 있었다.

"그럼 우리는 이만. 뒷일을 부탁한다."

경위와 결과 보고를 마친 지크와 힐기스 씨가 떠난 뒤, 인적이 드물어진 교실에는 나와 큐리에 씨, 세실리 씨 세 사람이 남았다.

"저기…… 그렇게, 돼서……."

고개를 살짝 숙이고 좌우로 허리를 흔들며 부끄러운 표정을 한 세실리 씨.

떳떳하지 못한 분위기도 있었다.

"입학 시에 결성한 공략반을 유지한다고 선언했으면서…… 저기, 부끄럽지만…… 이번에 두 분의 공략반에 참가하게 된 세실리 아크라이트입니다. 부디…… 잘 부탁드려요."

멋쩍은 듯이 세실리 씨가 눈을 감았다.

"뭐야, 처음 보는 사람처럼 인사하긴……."

무척이나 미묘한 표정으로 그렇게 말한 큐리에 씨.

우물쭈물 부끄러워하는 세실리 씨의 얼굴이 확 빨개졌다.

"성유적 공략에 대해서는 과거에 쿠로히코와 같은 반을 맺을 수 없는 이유를 설명한 뒤《좋은 경쟁상대로서 서로 노력합시다!》하는 것처럼 굳은 악수까지 했다고요……."

아으~ 하고 손으로 얼굴을 가린다.

그, 그걸 기억하고 있구나…….

기억하고 있기에 괴로워하는 거겠지만…… 지나치게 착실하다.

큐리에 씨가 황당해했다.

"지크벨트와 힐기스가 떠나게 됐으니 어쩔 수 없지. 너도 혼자서 오빠의 기록을 넘을 수 있을 거라고는 생각하지 않지?"

"그건 뭐……."

"우리와 같은 반이 되는 건 싫어?"

"그렇지 않아요! 오히려……."

"세실리 씨."

나는 대화 사이에 끼어들어 세실리 씨의 정면에 섰다.

"쿠로히코……?"

"성유적에는 금주의 주문서가 잠들어 있을 가능성도 있어요. 그리고 지금의 저와 큐리에 씨만으로는 공략하기에 부족한 면이 있고요. 하지만 세실리 씨가 함께라면 그 부족한 부분을 보완할 수 있을 거예요."

세실리 씨를 공략반에《넣어준다》는 흐름이 좋지 않은 것

같다.

그래서 나는.

"공략반에 들어와서 우리에게 힘을 빌려주세요."

그렇게 부탁했다.

"아……."

"부탁드려요, 세실리 씨."

세실리 씨가 두 손으로 내 손을 잡았다.

"아, 알겠어요. 저기…… 당신들을 돕게 해주세요."

생긋 미소 짓는 세실리 씨.

"에헤헤, 배려해준 거죠? 하지만 고마워요."

이렇게 우리는 새로운 공략반을 결성했다.

결론부터 말해 세실리 씨의 가입은 정답이었다.

"우선 성유적 회관으로 가요."

우리는 일단 성유적 회관으로 발을 옮기게 됐다.

"그것 봐, 역시 내 제안이 틀리지 않았지?"

기쁜 듯이 당당해 하는 큐리에 씨.

솔직히 감상을 말하자면 어쩐지 귀여웠다.

"역시 세실리 씨도 직원에게 조언을 받으러 가는 방침인가요?"

"아니요, 우선 맡겨둔 것을 확인할까 해서요."

회관에 도착하자 세실리 씨는 직원과 무언가 이야기를 나눴다.

직원과 대화가 끝난 뒤, 우리는 세실리 씨를 따라 1층 안쪽 방으로 갔다.

"스스로 마련한 공략용 도구 등을 회관에 맡겨뒀어요."

상초 안에는 명찰이 달린 상자가 있었다.

자물쇠를 열고 흠흠, 하고 귀여운 행동으로 내용물을 확인했다.

"기본은 지크와 힐기스 용이었던 것을 남녀에 맞춰 쿠로히코와 큐리에에게 나누는 형태면 될 것 같네요. 보존 식품은 나중에 보충해둘까요."

"나는 얼마 내면 돼?"

여기에 오는 도중에 이야기해 공략 비용은 셋이서 나누기로 정해졌다.

참고로 당시의 디아레스는 아크라이트 가문의 자금 제공은 최저한으로만 받았다고 한다.

"그럼 우선 비용과 기간의 지침을 세울까요? 이대로 창고를 나가 2층 회의실을 하나 빌리죠."

세실리 씨가 척척 수속을 마치고 빌려준 회의실로 셋이서 이동했다.

4평 정도의 회의실에 들어간 우리는 탁자를 둘러싸고 앉았다.

탁자 위로 세실리 씨가 커다란 양피지를 펼쳤다.

"성유적 최종 계층을…… 음, 우선 많이 잡아 100계층으로 가정해둘까요."

초반은 하루에 10계층을 나아간다고 잡고, 난도가 올라가는 후반은 공략 속도가 떨어진다고 잡았다.

세실리 씨는 자신의 예측을 말했다.

"여유롭게 생각하면…… 음, 공략 기간은 한 달로 설정할까요. 두 사람은 그래도 괜찮은가요?"

나와 큐리에 씨는 고개를 끄덕였다.

"지금 있는 자금을 한 달 분으로 나눠 우선 최저한의 필수품을 갖추기로 해요. 도중에 크리스털이 나름 손에 들어올 테니, 다음은 그걸 팔아 얻은 자금을 탐색 비용으로 돌려요. 음, 그래도 괜찮죠?"

이번에도 끄덕이기만 하는 나와 큐리에 씨. 세실리 씨가 질문했다.

"그러고 보니 공략은 언제부터 시작할 생각인가요?"

"되도록 빠르게 시작하고 싶기는 한데요."

"그럼 부족한 도구와 식량은 내일 아침에 사러 가요."

"아침부터요? 하지만 수업은 어떡하고요?"

미묘한 미소를 떠올린 세실리 씨가 땀을 흘리며 뺨을 붉히고서 바닥, 다시 말해 아래층을 가리켰다.

"수, 수업 면제 요청……."

"아."

그랬다. 완전히 잊고 있었다.

기초 중의 기초가 머릿속에서 빠져 있었다.

탐색이 길어질 것 같은 경우에는 이곳 성유적 회관에서 미리 수업 면제 신청을 제출할 수 있었지. 그렇구나…… 특급 성유적 쪽은 지식이 깊어졌지만 기사단 사람들은 수업 면제 신청을 할 리가 없으니까…….

이런 초보적인 지식조차 놓치고 있었다니…… 부끄럽다.

"오늘 회관을 나가기 전에 세 사람분의 면제 신청을 제출해두죠. 그럼 일단 더 필요할 법한 것들을 여기에 적어둘까요……."

막힘없이 양피지 끝에 글자를 적는 세실리 씨.

뭐랄까. 놀라울 정도로 부드럽게 계획이 세워진다.

우선 정보를 모으자고 말했던 우리는 대체 뭐였을까.

응?

귀가 새빨개진 큐리에 씨가 두 손으로 얼굴을 가렸다.

"뭐랄까, 괴, 굉장히 부끄러워졌는데……."

아까.

『그것 봐, 역시 내 제안이 틀리지 않았지?』

그렇게 말하며 당당해하던 얼굴이 온데간데없이 사라졌다.

나는 스스로에게도 들려주는 심정으로 위로의 말을 건넸다.

"우리는 저, 전투 쪽에서 공헌할 수 있도록 힘내자고요……."

그날은 늦게까지 성유적에서 주의할 점 등을 확인했다.

말은 그래도 주로 세실리 아크라이트 선생님의 성유적 강의와 같은 모습이었지만.

현재 답파된 각 계층의 특징이라든가 유적 안에서 하룻밤을 보낼 때의 주의점 등, 정말로 알기 쉬웠다.

전부터 생각했지만 세실리 씨는 가르치는 솜씨가 훌륭하다.

교관이 된다면 후보생들이 잘 따를 것 같다.

하긴 용모만 봐도 다른 방향으로 잘 따를 것 같지만…….

해산한 뒤 집으로 돌아간 나는 한동안 성유적 공략으로 집을 비운다는 이야기를 미아 씨에게 전했다.

미아 씨는 「알겠습니다」 하고 말하며 무사히 돌아오기를 기도해주었다.

그 후 미아 씨의 호의로 잠시 준비하는 일에 도움을 받은 뒤, 그날 밤은 일찍 잠자리에 들었다.

다음 날 아침, 큐리에 씨와 여자 기숙사 앞에서 합류.

그대로 정문까지 가서 마차로 마중을 나온 세실리 씨와 만났다.

"기본적인 장비와 도구는 갖춰져 있으니 한 달 동안 공략하는 동안 부족할 것 같은 소모품 위주로 물건을 살까요."

우리는 아크라이트 가문의 마차로 도심으로 나갔다.

거리에서 물건을 사기 시작한 뒤로는 큐리에 씨도 특기 분야에서 활약했다.

"이 약초는…… 저 약품과 조합해 사용하면 약을 사는 것보다 싸게 먹힐 것 같아."

방랑길에서 익힌 지식을 활용한다.

그리고 나로 말할 것 같으면 짐꾼이었다. 지금 달리 도움이 될 것 같지도 않으니…….

……전투가 벌어지면 누구보다도 열심히 하자.

"음, 이것하고 이것…… 그리고 이것도 사둘까요."

세실리 씨가 가격을 비교하며 능숙하게 쇼핑 바구니에 물건을 담았다.

　유능한 주부 같았다.

　"와! 이 랜턴 정말 귀엽다! 큐리에도 그렇게 생각하죠?!"

　정성스러운 장식이 새겨진 소형 랜턴을 손바닥 위에 올리고서 화기애애한 분위기로 들뜬 세실리 씨.

　헤벌쭉해진 남자 점장님이 무려 그 소형 랜턴을 공짜로 선물해주었다.

　"소형 랜턴은 손잡이에 막대기를 걸어 작은 구멍 안쪽을 비출 때도 쓸 수 있어요. 함정을 발견하거나 마물이 숨겨둔 마도구를 발견할 때도 있다니까요. 생각지도 못하게 무료로 받을 수 있었던 건 행운이었어요."

　세실리 아크라이트가 아니라면 그 행운은 쉽게 찾아오지 않을 것 같지만요.

　다음은 의류를 사러 옷가게로.

　역시 의류만큼은 지크와 힐기스 씨의 것을 입을 수는 없다.

　"쿠로히코, 이런 속옷은 어때요?"

　가슴을 가리는 검은 속옷(쉽게 말해 브래지어)을 가슴 앞에 든 세실리 씨가 진열장 너머에서 불쑥 튀어나왔다.

　"엇?!"

　"뭐?! 무슨 짓이야, 세실리! 돌아와!"

　큐리에 씨의 손이 뻗어 목덜미를 붙들고 세실리 씨를 끌어당겼다.

세실리 씨의 투덜거리는 소리가 들려왔다.

"이, 이 정도는 문제없잖아요."

"슬슬 거의 다 샀다고 해서 너무 마음을 놨어."

"오히려 속옷을 고르는 거야말로 정신을 바짝 차려야 하지 않나요? 큐리에도 더 예쁜 속옷이……."

"예쁘지 않아도 돼! 누구한테 보여줄 일도……."

"있을지도 모르잖아요?"

"으…… 모, 몰라!"

하하하, 즐거워 보이네…….

그러나 남자용 옷은 이쪽 세계에서도 여자용과 비교해 종류가 적은 데다 수수한 것 같다.

이 차이는 뭘까.

뭐, 그런 만큼 고르기도 편하지만.

"아, 이거 주세요."

"네, 감사합니다~."

나는 아무래도 의문을 품으며 혼자 재빨리 계산을 마쳤다.

쇼핑을 마친 우리는 한 번 학원으로 돌아가 성유적 회관으로 갔다.

대여 창고에 사들인 도구를 보관하고 다른 대여 식재료 창고에 식품을 맡겼다.

회관 로비의 의자에서 한숨 돌릴 무렵엔 이미 시간이 오후가 된 후였다.

"준비는 끝났는데 이제 어떻게 할까요?"

"나는 오늘부터도 괜찮지만, 너희 사정도 있을 테지. 공략을 시작하는 날은 너희에게 맞출게."

큐리에 씨가 나를 보았다.

"저도 오늘부터도 괜찮은데…… 성유적 공략으로 한동안 자리를 비운다는 건 미아 씨에게도 전해뒀고요."

시작은 빠를수록 좋다.

수업 면제 신청도 처리됐다. 컨디션도 나쁘지 않다.

아침부터 쇼핑하느라 다소 체력을 소모했지만 성유적 안에서도 휴식은 할 수 있으니…….

하루에 내려갈 수 있는 층수에 제한이 있다면 하루라도 빨리 들어가고 싶다.

쇠뿔도 단김에 빼라는 말도 있고.

"세실리 씨는 어때요?"

기다렸다는 듯이 생긋 웃는 세실리 씨.

"방금 창고에 도구를 맡긴 참이지만…… 이대로 공략 시작할까요?"

전원이 그래도 좋도록 준비했던 모양이다.

세실리 씨가 빠르면 좋은 이유가 있다며 말을 이었다.

"유명한 금주술사가 있는 시점에 목숨 아까운 줄 모르는 사람은 없겠지만, 다른 공략반을 방해하는 사람들도 있으니까요. 과거에는 식량을 빼앗긴 사례도 있대요."

그렇구나…… 피부르크나 바슈타카와 같은 사람도 존재하는 것을 고려하면 그런 녀석이 있어도 이상하지 않다.

성유적 공략의 어두운 부분이라 할 수 있겠지.

예를 들어 방해가 되는 공략반이 약해진 틈을 노려 죽음으로 내몰 수 있다면 라이벌을 줄일 수 있다.

유적 안에서 사망하면 오랜 잠에 빠질 뿐, 진정한 의미의 《살인》이 아니다.

뭐, 나름대로 정신력은 필요하겠지만.

음…… 성유적 공략도 경우에 따라선 사람의 어두운 부분이 깊어질 수도 있겠네.

"해금 직후엔 되도록 빨리 들어가는 편이 다른 공략반 때문에 번거로워질 가능성이 작아지는 거로군."

"다른 공략반이 악의 없이 마물 집단을 몰고 오기도 하는 모양이니까요."

그 외에 계층에 있는 전체 인수가 많은 것만으로도 마물의 수가 늘어나기도 한다고.

현실적인 던전 공략이라는 것은 타인의 행동까지 고려할 필요가 있다.

우리는 의자에서 일어났다.

결의 표명처럼 큐리에 씨가 말했다.

"그렇게 정해졌으니…… 빨리 준비를 마치고 공략을 시작해 볼까."

창고의 짐을 되찾고 들어간 계층을 알려주는 팔찌를 장착한 뒤 회관에서 나오니, 광장에는 이미 나름의 후보생들이 모여 있었다.

다들 성유적 공략 해금을 기다렸겠지.

어제부터 이미 들어간 반도 있다고 들었다.

조금 늦게 큐리에 씨와 세실리 씨가 회관에서 나왔다.

탐험복으로 갈아입기까지 조금 시간이 걸린 모양이었다.

나는 빠르게 옷을 갈아입었지만 여자아이의 환복은 시간이 좀 걸린다고 한다.

"죄송해요, 기다렸죠?"

그러고 보니 세실리 씨의 탐험복 차림은 오랜만인 것 같다.

그리고 여전히 단아하고 가련한 것이 정말 너무 잘 어울렸다.

가볍게 침낭 체크를 마친 큐리에 씨가 세실리 씨 옆에 섰다.

"그럼 가볼까."

두 사람이 탐험복 차림으로 서니…… 역시 굉장하다고나 할까.

"뭘 멍하니 있는 거야, 쿠로히코."

"아, 죄, 죄송해요."

성유적 입구를 향해 셋이서 걸었다.

그런 도중, 나는 한 번 멈췄다.

"아, 잠깐 두 분 먼저 가시겠어요? 짐을 고친 뒤에 따라갈게요."

"도와드릴까요?"

"아니요, 괜찮아요. 움직이기 쉽도록 가볍게 고치는 것뿐이니까요."

그렇게 말하자 큐리에 씨와 세실리 씨는 성유적 입구 쪽으로 떠났다.

한 달 치 물자의 대부분이 담긴 거대한 배낭은 내가 담당하게 됐다.

평소의 훈련 덕분인지, 혹은 금주를 지닌 숙주의 힘 덕분인지 그리 무겁지 않았다.

참고로 허리 벨트에는 큐리에 씨에게서 받은 시정검과 요도 《광앵》이 꽂혀 있었다.

……짐이 많아 좀 뽑기 불편하지만.

"결국 제 권유를 거절하고 세실리 아크라이트와 같은 반이 됐군요? 너무하네요, 쿠로히코도."

"아, 도리스 회장님."

"저희의 공략반에 들어오신다면 더 잘해드리려고 했는데."

"죄, 죄송해요……."

고개를 홱 돌린 도리스 회장.

"그럼 저희는 이제 경쟁 상대로군요?"

"세실리 아크라이트와 같은 반이 됐다는 이야기를 듣고 직접 사가라 님께 투정 부리러 올 정도로는 분했던 모양이군요."

불쑥 쿠 회장이 나타났다.

"쿠, 쿠델카?!"

도리스 회장의 《페르칸탈》 수준의 갑작스러운 출현이었다.

레이 선배의 경우도 그렇고, 내 기척 감지는 왜 이럴 때에만 작동하지 않는 걸까.

"사가라 님과 공략반을 맺을 수 없었던 것은 저도 안타깝지만 뭐, 도리스와 맺는 것보다는 몇십 배는 다행이군요. 사가라 님, 돌아오시면 저와 차 한잔해요."

"큭…… 후기에 들어서니 점점 더 비꼬는 실력이 올라간 듯하네요? 게다가 맥락도 없이 차를 마시자고 하다니, 무슨 천박한……."

"천박한 가슴을 사가라 님을 권유하는 무기로 삼은 여자에게 그런 말을 듣고 싶지 않습니다만."

"……겨뤄보죠, 쿠델카."

고고고고고, 하고 얼굴에 그늘진 도리스 회장이 격렬한 아우라를 방출.

"성유적 공략 도달 기록으로 말입니까?"

"네."

"바라던 바입니다."

두 사람 사이에 이글이글 불꽃이 일었다.

"그럼…… 저, 저는 이만……."

그런 말을 남긴 나는 허리를 굽히고 살금살금 그 자리를 떠났다.

저 두 사람은 사이가 좋은 건지 나쁜 건지 잘 모르겠다.

그때 내 눈앞에 볼록한 가슴이 나타났다.

"정말이지 두 회장님한테 사랑받는다니까, 쿠로히코도."

고개를 들었다.

"레, 레이 선배?"

레이 선배가 경례하듯 손을 이마에 가져갔다.

"아, 배웅하러 왔어."

"안녕, 쿠로히코."

레이 선배의 뒤에서 아이라 씨도 나왔다.

레이 선배가 시선으로 뒤를 가리켰다.

"아까 저기서 큐리에와 세실리에게도 인사했어. 이번 공략은 길어질 것 같다며?"

"갈 수 있다면 최심부까지 갈 예정이에요."

"오, 말은 잘하네!"

레이 선배는 놀리듯 배당을 찰싹찰싹 때렸다.

"아, 그리고 지난번 디아레스 님에 대한 이야기 말인데, 오해라는 걸 알게 돼서 다행이야! 와, 아무리 나라도 쿠로히코가 그쪽 방면으로 가버리면 난감할 수밖에 없다니까."

아이라 씨 덕분에 그때의 오해가 풀린 듯하다.

하지만 디아레스 씨의 경우, 외모 탓에 착각해서 잠시 두근거린 것도 사실이다. 만약 옷이 같다면 세실리 씨와 나란히 서야 남녀 성별을 확인할 수 있을 것이다.

"공략반 쪽은 세실리 가입으로 마무리된 모양이네."

"죄, 죄송해요. 모처럼 권유해주셨는데."

"아~ 역시 나도 낙담하게 되네~?"

장난스럽게 힐끔 나를 노려보는 레이 선배.

그러자 아이라 씨가 도와주려는 듯이 훌쩍 끼어들었다.

"하, 하지만 쿠로히코는 세실리와 같은 반이 되는 게 어울리는 것 같아. 자연스러운 느낌이 든다고나 할까……. 그러니 이걸로 된 것 아닐까?"

흑흑, 하고 어깨를 늘어뜨리는 레이 선배.

"정말이지 이러니까…… 내가 아무리 노력해봤자 정작 아이라는 너무 빨리 포기한다고……."

"……?"

고개를 갸웃하는 아이라 씨.

"하지만 나도 언젠가 쿠로히코와 성유적 공략을 할 수 있었으면 좋겠다."

"그러게요. 저도 언젠가 아이라 씨와 성유적에 들어갈 기회가 있었으면 좋겠어요."

어쩌면 특급 성유적을 공략할 때 권유할지도 모른다.

"응! 그때까지 나도 강해지도록 열심히 할게!"

"네. 아이라 씨와는 성무제에서 파트너였을 정도니까 그런 점에서도 안심하고 같은 반이 될 수 있고요."

"그때는 레이도 함께하자."

레이 선배는 복잡한 표정을 했다.

"쿠로히코에게는 계획을 꾸미는 것보다 직접적인 방법이 더 효과적인지도……."

그런 아이라 씨와 레이 선배의 마중을 받고, 드디어 큐리에 씨와 세실리 씨에게 도착했다.

"죄, 죄송해요. 기다리셨죠?"

"레이와 아이라에게 붙잡혔지?"

"사실은…… 회, 회장님들에게도."

"그것참…… 뭐, 주목도로는 어쩔 수 없을지도 모르지. 회장들의 귀에도 들어가기 마련일 테니."

"네?"

다시 둘러보니 큐리에 씨와 세실리 씨가 대기하던 성유적 입구 부근에 모인 후보생들의 시선이 대부분 이쪽으로 몰려 있었다.

"사흉재를 쓰러뜨린 두 사람이 드디어 성유적 공략을 시작한다고 해서 학원 쪽에서는 제법 화제가 된 모양이네요."

세실리 씨가 말했다.

"올해 드디어 최고 도달 기록이 경신되지 않을까 하고…… 어?"

큐리에 씨가 세실리 씨의 머리에 손을 툭 올렸다.

"뭐…… 이제는 빠질 수 없는 녀석이 들어와 처음으로 달성할 수 있을 듯한 기록이지만."

나는 심호흡했다. 주목을 받는 것은 익숙해지지 않는다.

하지만 긴장하고 있을 때도 아니다.

찰싹!

두 손으로 자신의 뺨을 치고서 마음을 다잡았다.

"그럼 가볼까요."

성유적 제1계층에 발을 들이고 처음 느낀 것은, 반가움이었다.

발을 들인 것은 그 거인 토벌 작전 이후 처음이다.

"쿠로히코, 짐은 무겁지 않아?"

"문제없어요. 성유적의 특수한 성질이 없었더라면 짐이 더 많아져도 괜찮았을 테지만요."

그렇게 말하며 창백하게 빛나는 벽을 건드렸다.

성유적의 벽은 발광하기 때문에 빛을 내는 도구를 많이 가져올 필요가 없다.

세실리 씨가 말했던 것처럼 어쩌다 핀포인트로 존재하는 어둠을 비추거나, 일부의 마물을 쫓는 용도가 있다고 한다.

식량도 그리 많을 필요가 없다.

성유적에서는 지상만큼 식욕이 생기지 않아 식사량도 지상의 보통 이하로 끝나기 때문이다.

이곳은 그런 곳이다.

덧붙이자면 성유적에서 화장실에 가는 횟수도 압도적으로 적다.

그래서 몇 시간마다 화장실 문제를 해결해야 할 걱정이 없다.

고작 하루에 한 번 있을까 말까 하다고.

세실리 씨가 보기 쉽도록 접은 양피지를 들고서 바라보았다.

"우선 오늘은 6계층 정도를 목표로 삼을까요?"

계층의 숫자가 낮을 때는 아래 계층으로 나아가기 쉽다.

문제는 계층의 숫자가 오른 뒤다.

"5계층의 수호종을 쓰러뜨린 뒤, 6계층에서 쉬어요. 거기서 상황을 확인하며 그대로 진행할지를 정하는 방향으로."

공략 계획은 거의 세실리 씨에게 일임했다.

성유적 공략은 힘만으로는 성과를 낼 수 없다.

매니지먼트라고나 할까, 플래닝이라고나 할까.

그런 면에 뛰어난 사람이 필요하다고 절실히 깨닫게 됐다.

"영차."

이번에 처음 조우한 마물은.

"이건 또 오랜만인 상대네."

하얀 마물…… 고블린.

처음 들어온 성유적에서 처음 만났던 마물.

유적에서는 최하급에 가까운 랭크의 마물이다.

하지만 방심할 수는 없다. 어떤 상대라도 방심하지 않는다.

막아선다면, 전력으로…….

"그…… 기, 기……?"

"응?"

고블린이 얼굴을 찡그리며 한 발자국 물러났다.

"기, 기에에!"

고블린은 그대로 자신이 나타났던 작은 굴로 돌아갔다.

칼자루를 손에 쥔 나는 멍해졌다.

"……어?"

"아무래도 도망친 모양이군."

큐리에 씨가 말했다.

"상대가 지나치게 나쁘다고 판단한 걸까요?"

쓴웃음 짓는 세실리 씨.

나는 반쯤 뽑은 칼을 다시 칼집에 되돌렸다.

"하지만 도, 동료를 부르러 간 걸지도 모르니…… 경계를 게
을리 하지 말고 서두르죠."

결국 5계층까지 가도 고블린이 다니 모습을 드러내는 일은 없었다.

그 후 작은 사이클롭스에 트윈 코볼트, 임프와 외뿔 개미와 같이 그립기까지 한 마물들과도 조우했지만 물리치기는 쉬웠다.

도중에는 다른 공략반과도 몇 번인가 마주쳤다.

이 정도 계층이라면 역시 다른 공략 중인 후보생들도 돌아다니는 듯했다.

그러나 적대할 일도 없이 짧은 인사를 나눌 뿐이었지만.

아니, 오히려 크리스털을 받았다.

세실리 씨에게 주는 선물이라는 것은 남자 후보생의 분위기로 볼 때 쉽게 추측할 수 있었다.

크리스털을 준 후보생 반과 헤어진 뒤, 큐리에 씨가 나란히 걷던 세실리 씨에게 말했다.

"너라면 어느 반에 들어가도 잘해나갈 것 같군."

"아니요……. 오히려 저런 일이 있으니 먼저 지크와 힐기스 이외의 사람과는 같은 반이 되지 않겠다고 선언한 것도 있어요. 물론 호의가 기쁘지 않은 건 아니지만요……."

세실리 씨 나름의 고민은 있는 듯하다.

그때 우리는 커다란 문 앞에 멈춰 섰다.

큐리에 씨가 문을 바라보며 팔짱을 꼈다.

"자, 수호종 방까지 왔군."

지금 있는 계층에는 특별한 마물이 존재한다.

5의 배수가 되는 계층에는 다음 계층으로 넘어가는 것을 저지하는 《수호종》이라는 강력한 마물이 기다린다.

RPG 게임으로 말하자면 중간 보스 같은 녀석.

"수호종은 매번 정해진 마물이 출현하는 것이 아니에요. 그 계층의 난도에 적합한 마물이 나오죠. 전처럼 노이즈의 골렘이 수호종을 내쫓고 자리 잡는 일이 없다면 말이지만요."

과거에 이 방에서 나타난 마물은 자료에 정리되어 있다.

나는 이름만 적힌 미니 도감을 펼쳤다.

"……어, 얼마나 강한지 모르겠어요."

만난 적이 없으니 이름을 봐도 얼마나 강한지 알 수 없었다.

세실리 씨가 쓴웃음 지었다.

"우, 우선 싸워볼까요? 제 분석으로는 우리 셋이 고생할 마물은 아닐 것 같은데요…… 조금 성가신 마물이라고는 스피어 스파이더 정도이고요."

"그렇지."

동의한 큐리에 씨가 문을 열었다.

"적어도 우리에겐 여기서 도망치는 선택지는 없어."

방으로 들어가자 소리가 나며 문이 닫혔다.

웅? 이 기척은…….

"위다."

큐리에 씨가 그렇게 말함과 동시에 우리는 천장을 올려다보았다.

어스름한 방의 천장 구석에 달라붙어 있던 것은.

"스피어 스파이더네요."

하얀 몸과 붉은 눈동자. 몇 개의 긴 다리.

날카로운 다리의 끝을 창처럼 사용해 먹잇감을 찌르는 공격을 주의해야 하는 거미 마물이라고 한다.

세실리 씨가 쌍검을 뽑았다.

"갑자기 제5계층의 수호종 중에 가장 성가시다고 하는 마물이라니…… 제가 이상한 소리를 한 탓일까요?"

"피……키이이이이!"

새된 울음소리를 지르며, 스피어 스파이더가 거미줄을 뽑았다.

우리는 거미줄을 회피.

"우선 사냥감을 실로 포박한 뒤 내려와 처리할 생각인가."

천장은 의외로 높다. 도약으로 닿을지 미묘한 높이다.

"어쩔까요? 금주를 사용해 제가 쓰러뜨릴까요?"

"제가 술식을 사용해 떨어뜨릴 수도 있을 것 같은데요……."

짧게, 허공을 가르는 소리.

큐리에 씨가 리벨게이트를 스피어 스파이더의 눈을 향해 엄청난 속도로 투척했다.

"이, 키에에에에에에?!"

날이 머리의 중앙에 박혔다.

아무래도 급소에 맞은 듯하다.

거미는 그대로 떨어져 철퍼덕 바닥에 부딪쳤다.

스피어 스파이더의 몸이 녹기 시작했다.

그리고 마물이 전부 녹아 사라지자, 바닥에는 리벨게이트와 동전 크기의 크리스털만이 남았다.

큐리에 씨가 리벨게이트를 주운 뒤 크리스털을 들었다.

그리고 그 크리스털을 세실리 씨를 향해 손가락으로 튕겨 던졌다.

"어어?"

세실리 씨가 살짝 당황하며 두 손바닥으로 크리스털을 캐치.

큐리에 씨는 여유 만만한 모습으로 검을 칼집에 넣었다.

"그럼 다음으로 갈까."

제6계층으로 나아간 우리는 공중의 작은 방을 발견하고 거기서 쉬기로 했다.

"크리스털은 이종(異種)이 아니어도 나오는군요."

여태껏 크리스털은 이종에게서만 나온다고 생각했었다.

"이종에게서 나오기 쉬운 것은 사실인 모양이지만요. 그 이외의 마물에서는 나와도 작은 것이 많고요. 크리스털이 나오는 쪽이 드물어요."

그렇게 세실리 씨가 설명해주었다.

나는 짊어진 배낭을 내리고 펼쳤다.

"성유적의 난도는 10계층부터 오른다고 했던가요?"

세실리 씨가 양피지를 펼치며 답했다.

"입학하고서 1년에 10계층까지 가는 것이 일반적인 공략 속도라고 해요. 방금 5계층의 수호종 방이 1학년의 난관이라고 하네요."

"2년째에 10계층을 돌파한다면 잘하는 편이고, 대부분은 졸업할 때까지 19계층까지 도달하는 느낌이었나요?"

"그 전에 대부분은 18계층에서 멈추는 모양이에요."

"18계층?"

"18계층에는 난관의 세 마물로 불리는 킬러 호스, 델 트롤, 벨제지오라는 강력한 마물이 있어요."

"음?"

큐리에 시가 움찔 반응했다.

"왜요?"

"……아니, 계속해줘."

"14계층에는 사이클롭스도 나타나고…… 아, 이건 쿠로히코가 이미 쓰러뜨린 경험이 있는 마물이었죠? 음…… 그렇다면 14계층까지는 문제없지 않을까요?"

지금은 전기에 빈번히 들렸던 수수께끼의 땅울림도 사라졌다고 들었다.

땅울림의 원인은 노이즈가 유적 안에 설치한 요새와 거기서 만들어진 골렘이라는 《이물》 탓에 발생한 것이 아닐까 추측된다고 한다.

"성유적은 한 번 도달한 계층까지는 진행하기 쉬운 특성이 있지만, 저희는 아직 7계층 이후는 가보지 못했고……."

세 사람 모두 얼마 전까지 5계층까지가 최고 도달 계층이었다.

나는 그 블루 고블린 때 땅이 갈라져 4계층에서 떨어진 곳이 5계층이었다.

거인 토벌 때는 3계층에 도달했을 때 거인이 나타났다.

……아, 그렇구나.

"우리에게 이 제6계층이 벌써 자기 최고 기록이군요."

팔찌에 달린 흑수정의 투명도도 살짝 올라갔다.

"지금부터가 조금 힘들지도 모르지만…… 일단 오늘은 10계층의 수호종을 쓰러뜨리는 것을 목표로 삼아요. 두 분 모두 이대로 괜찮으신가요?"

배낭을 다시 짊어진 나는 벌떡 일어났다.

"물론이죠."

"문제없다."

그렇게 큐리에 씨가 뒤를 이었다.

이렇게 그대로 아래 계층을 향하기로 정한 우리는 작은 방에서 나왔다.

10계층 도달까지 마물과 조우한 일에 대해서는 딱히 말할 수 있는 것이 없었다.

뭐, 그게…… 나타난 마물이 전혀 상대가 되지 않았다.

견해를 달리하면 자신들이 강해진 실감을 크게 가질 수 있었다고 할 수 있다.

본래대로라면 전기에 간간이 성유적 공략을 하며 조금씩

레벨 업했었을지도 모른다.

그러나 오늘에 이르기까지 생명을 위협하는 수준의 이례적인 이벤트가 너무나도 많이 발생했다.

블루 고블린 집단과의 사투.

히비가미와의 첫 만남.

거인 토벌 작전.

사흉재와의 사투.

노이즈와의 결전.

종말의 십시군의 대성장 습격.

스콜반가와의 사투.

이만한 전투 이벤트를 겪는 동안 뭐랄까, 정규 루트에서 크게 벗어난 변화구 루트로 강해진 듯한 느낌이었다.

그리고 나는 큐리에 씨나 소규트 단장처럼 일류 검사에게 훈련을 받았으니까.

"기기에에에?!"

"……."

그리고 어느새 우리는 10계층의 수호종인 그레이트 리저드맨을 쓰러뜨렸다.

맥이 빠진 듯이 슬쩍 미소 짓는 세실리 씨.

"하, 하루 만에 10계층 돌파…… 이거 어쩌면 최단 기록 아닐까요?"

뭘까, 이 느낌은.

그래, 예를 들어 게임에서 적정 레벨을 압도적으로 상회한 상황에서 메인 루트의 던전으로 돌아왔을 때의 느낌과 비슷할지도 모른다.

세실리 씨는 웃고 있었지만 그 얼굴은 살짝 창백해 보였다.

"제가 세운 장기 공략 계획은 그다지 의미가 없었을지도 모르겠네요……."

나는 어째서인지 위로하고 심정으로 말했다.

"아, 아직 갈 길이 멀었잖아요! 앞으로 강한 마물이 아닌 난관이 나올지도 모르고…… 바, 방심하지 말고 가요!"

일단 11계층에 도달한 우리는 또 적당한 방을 발견해 거기서 휴식을 취하기로 했다.

아직 피곤하지 않았다.

회중시계를 확인. 지상에서는 이미 저녁 식사 시간을 지났을 때다.

"성유적 안에서는 그다지 배가 고프지 않다는 이야기가 사실이군요."

덕분에 짊어진 배낭에 담아둔 식량이 많지 않았지만.

배고픈 정도를 볼 때 하루에 한 번 먹으면 되지 않을까.

"성유적 공략은 당일의 공략을 마친 뒤, 안전할 것 같은 방에서 식사를 하고서 취침하는 것이 기본이라고 해요."

참고로 안전한 방을 구분하는 방법을 설명하자면, 계층과 계층을 연결하는 계단에 가까울수록 마물의 침입 확률과 출현 확률이 낮아지는 경향이 있다고 한다.

마물이 계단으로 계층을 이동할 수 없는 것과도 어떤 관계가 있는지도 모른다.

"어떻게 할까요?"

털썩 앉은 세실리 씨가 공략 계획을 적은 양피지를 펼쳤다.

상반신을 굽히고 무언가 적기 시작한다. 예정표 부분을 수정하는 듯했다.

"첫날은 빨라도 9계층 정도로 끝날 것 같다고 판단했는데, 11계층까지 왔으니까…… 들어온 시간을 생각하면 경이로운 공략 속도예요."

"이제 어쩔까?"

벽에 기대앉은 큐리에 씨가 그렇게 묻자 세실리 씨가 고개를 들었다.

"어쩔까요?"

"이 부근 계층부터 난도가 올라간다고 했던가요?"

"음, 이 공략반이라면 솔직히 난도를 파악하는 게 어렵네요……."

"하루에 나아갈 수 있는 계층에 제한이 있다고 들었으니 오늘은 이 이상은 어려울까요?"

"하지만 그건 어디까지나 소문이에요."

상반신을 일으키고 펜을 넣는 세실리 씨.

"10계층을 넘으면 난도가 크게 상승하는 탓에 《공략을 저지한다》고 느끼는 사람이 많을 뿐이라는 설도 있어요."

그렇구나.

"난도가 올라가면 역시 마물이 단번에 세지는 건가요?"

이곳은 아직 11계층에 들어왔을 뿐인 방이다.

11계층과 지금까지의 계층이 얼마나 다른지는 아직 확인하지 않았다.

구조적인 난도도 오른다고 생각하면 이야기는 조금 달라진다.

예를 들어 함정이라든가 환술 부여의 미궁이라든가.

"26계층까지는 함정다운 함정의 기록은 없어요. 하지만 26계층 이후라면 오라버니 일행이 남긴 정보에 함정의 기록이 나와요. 오라버니 일행이 30계층의 수호종과 싸우지 않고 복귀한 것은 동료 한 명이 함정으로 골절된 것이 원인이라고 하고요."

골절은 치유 술식으로 빨리 완치되지 않는다.

의외로 주의해야 하는 점은 그런 치유 술식이 통하지 않는 부상일지도 모른다.

"그 말은……."

큐리에 씨가 말했다.

"26계층까지는 마물을 쓰러뜨리는 것만으로 도달 가능하다는 건가."

간단히 받아들일 수 없다고 말하려는 듯이 미소 짓는 세실리 씨.

"그, 그건 그렇지만…… 보통은 그 26계층까지 출현하는 마물의 강함이야말로 후보생에겐 고민의 원인이라고요……."

"노이즈나 히비가미를 상대하던 것보다 성유적 마물과 싸우는 편이 몇 배는 편하지······ 뭐, 아직까지는 말이야. 그래서 너희는 피로 상태가 어때?"

큐리에 씨의 질문에 나와 세실리 씨가 답했다.

"저는 아직 괜찮아요."

"저도 아직은 괜찮네요."

"흠······ 그럼 날짜가 달라질 때까지 갈 수 있는 곳까지 가 볼까."

그렇게 말한 큐리에 씨가 회중시계를 확인했다.

"그리고 날짜가 변하면 도달한 계층의 방에서 숙박. 이런 예정이면 어때?"

"저는 그걸로 좋아요. 세실리 씨는 어때요?"

세실리 씨가 양피지를 빙글빙글 말기 시작했다.

"네, 저도 괜찮아요. 정말이지······ 제가 생각했던 성유적 공략과는 거리가 먼 전개네요."

세실리 씨는 쓴웃음을 떠올렸지만, 어딘가 기쁜 것처럼 보이기도 했다.

두 시간 정도 흘러 14계층까지 나아간 우리는 드디어 그 계층 최대의 난관이라 불리는 외눈 거인, 사이클롭스와 조우했다.

13계층과 14계층은 천장이 높다.

사이클롭스가 똑바로 서도 천장과의 거리에 약간의 틈이

남을 정도다.

공략반 측에게는 전혀 메리트가 없는 천장 높이 구조지만, 거구인 사이클롭스에게는 스트레스 없이 움직일 수 있는 지형이다.

장해물이라는 것이 없는 데다가, 사이클롭스는 절대 둔하다고 할 수 없는 반사 속도로 움직인다.

과거의 공략반 대부분은 이 마물에게 고전했다고 들었다. 하지만.

"……제2계, 해방."

검은 사슬에 구속된 사이클롭스에게 차원의 틈새에서 백에 달하는 창이 날아들었다.

포효하는 사이클롭스.

직후, 그 몸이 녹기 시작했다.

얼마 후 외눈 거인은 녹아서 완전히 사라졌다.

남은 것은 당근 크기의 크리스털.

크리스털을 회수하고 숨을 내쉬었다.

"예전에 이걸로 확실히 쓰러뜨린 경험이 있으니…… 이번엔 확신을 갖고 싸울 수 있었어요."

뒤에서 세실리 씨와 함께 대기하던 큐리에 씨가 흥, 하고 말했다.

"대단한 위력이라고나 할까."

예전에 노이즈의 장난으로 사이클롭스가 지상에 나타났을 때도 제9금주로 처리했다.

그때의 느낌이 있어선지 그만 몸이 먼저 반응해 제9금주를 사용한 느낌이 있었다.

금주왕의 말에 따르면 제9금주는 부담이 거의 없는 금주라고 한다.

편하게 쓸 수 있다는 점은 크다.

금주를 사용할 경우엔 움직이기 쉽도록 일일이 배낭을 벗을 필요가 없다는 것도 편리하려나.

"그나저나……"

사이클롭스가 있던 곳을 보았다.

"녹아서 사라진다는 게 좋은 건지 나쁜 건지 미묘하게 알 수 없기도 하네요."

마물의 사체가 남지 않아 야생 동물처럼 고기를 식량으로 만들 수 없다.

그래서 마물 고기를 활용한 요리는 존재하지 않는다.

따라서 성유적에 들어오기 전에 식량을 확실히 조달해야 한다.

힘겹게 현지 조달할 수 있는 재료라고 하면 유적 안에 뿌리를 내린 나무의 줄기나, 이따금 발견되는 자생 곡식 정도라고 한다.

녹아버리기 때문에 마물의 모피나 뿔을 가져와 가공품 소재로 활용할 수도 없다.

유일하게 남는 크리스털이 전리품이라 할 수 있다.

반면 용해의 장점이라면 부패한 시체가 여기저기에 남지 않는다는 점일까.

"지상에 나가도 용해가 시작되니 마물 연구가 쉽게 진행되지 않는 것이 현실이에요. 전에는 유적 내에서 포박해 연구를 진행하던 공략반도 있었다고 들었지만요."

"그러고 보니 이번엔 아직 이종과 만나지 않았군."

이종.

그 이름대로 특이한 종류의 마물.

다른 마물과 비교해 출현 빈도가 낮다.

다른 마물과 비교해 전투 능력은 높지만 크리스털을 획득할 가능성도 높다.

피는 푸르고 눈은 붉다.

그러나 이종은 색깔을 포함해 각양각색의 특징을 지닌다.

그런 이종이 어째서 발생하는지는 수수께끼에 감춰져 있다……고 하는데.

나는 이종의 정체를 금주왕에게서 들어 알고 있다.

하얗게 된 마물은 그 나라가 신봉하는 성신 르노우스레드의 가호로 약체화된 마물이라고 한다.

이종은 그 가호가 변색될 정도로 영향을 받지 않았기 때문에 《본래의 힘》에 가까운 능력을 발휘한다고 한다.

다시 말해 사실은 이종이 《오리지널》에 가깝다.

마물이 지상에 나오면 녹는 것도, 계단을 오갈 수 없는 것도, 성신 르노우스레드의 힘이라고 들었다.

성신 르노우스레드의 힘이 미치지 않는다면 성유적에서 정기적으로 왕도에 마물이 올라오게 될지도 모른다.

우리는 그대로 15계층으로 들어갔다.

공격해온 마물과 수호종을 물리치고 계속해서 아래 계층으로 나아갔다.

계층 수가 늘어나는 것과 비례해 마물이 강해지는 것을 알 수 있었다.

그러나 아직까지 유적이 공략을 저지하는 느낌은 없었다.

오히려 안쪽에서 부르고 있는 것만 같을 정도였다.

그 정도로 공략은 원만하게 진행됐다.

그러나 방심할 수 없다.

18계층에서는 그 난관 3마물이 동시에 나타났다.

말의 하반신과 인간의 상반신, 양과 같은 뿔이 달린 머리에 근육이 터질 듯이 두꺼운 팔…… 킬러 호스.

엄청나게 두꺼운 거구에 눈꺼풀이 꿰인 눈…… 델 트롤.

파리의 머리를 지니고 하얀 피부에 검은 체모가 자란 파리형 마물…… 벨제지오.

3대 3.

한 그림자가 약동했다.

그림자의 정체는 큐리에 씨.

완전히 세 마물의 방심을 노렸다.

올려 치는 궤적으로 리벨게이트의 칼날이 중앙의 델 트롤의 거구를 양단.

세 마물 모두 완전히 반응하지 못했다.

남은 두 마리는 델 트롤이 비명조차 지르지 못하고 푸른 피를 뿜은 뒤에서야 큐리에 씨가 움직인 사실을 깨달았다.

남은 두 마리가 겁에 질린 틈을 큐리에 씨가 놓칠 리 없다.

그녀가 허리를 틀어 공격을 반복했다.

미묘한 고저 차를 준 비스듬한 회전 베기.

그제야 공격 자세에 들어간 킬러 호스와 벨제지오는 움직이기도 전에 목이 잘려 바닥으로 떨어졌다.

시원한 소리와 함께 리벨게이트가 칼집으로 돌아갔다.

"이 계층의 마물은 난관이라 하기엔 아직 우리에겐 역부족인 모양이군."

난관이라 불리는 세 마물도 어렵지 않게 돌파.

이 광경도 슬슬 익숙해졌다는 표정을 한 세실리 씨가 시간을 확인했다.

"어디…… 슬슬 날짜가 변할 때인데, 어떻게 할까요?"

큐리에 씨가 생각에 잠겼다.

"글쎄…… 다음 19계층까지 가서 오늘은 거기서 쉴까. 20계층의 수호종을 쓰러뜨리는 건 내일로 하자."

19계층으로 내려간 뒤 계단 근처의 작은 방을 오늘의 숙소로 삼았다.

배낭을 내려놓으니 세실리 씨가 그 안을 뒤적이기 시작했다.

"저와 큐리에는 저녁 준비를 할게요. 쿠로히코는 침구 준비를 마치면, 저기…… 화, 화장실을 확인해주시겠어요?"

"아, 알겠어요."

침낭은 각자가 짊어지고 있다.

나는 내 침낭을 펼친 뒤 두 사람의 침낭을 나란히 펼쳤다.

세실리 씨가 어머? 하고 무언가를 발견한 듯이 말했다.

"쿠로히코가 중앙이 아닌가요?"

"저, 저는 끝이면 돼요."

"흐음? 큐리에를 옆으로 둔 건 의도적인가요?"

큐리에 씨의 침낭을 중앙으로 놓았지만 딱히 의식하지는 않았다.

"쿠로히코가 중앙이 아니면 불공평하지 않나요? 그리고 침낭을 더 가까이 붙이는 편이……."

"그러면 제가 잠들 수 없다고요!"

다소 긴장감이 부족한 세실리 씨를 내버려두고, 나는 작은 방에서 나갔다.

뭐, 작은 방이라도 해도 5평 정도는 됐지만.

어쨌든 던전에서도 화장실 문제는 무시할 수 없다.

성유적에는 각 계층에 화장실이 준비된 방이 존재한다.

엄밀하게 말하자면 화장실 같은 형태의 것이 존재하는 방이지만.

일설로는 성유적 내에서 일부의 곡식과 식물이 자라는 것은 인간의 배설물을 비료로 삼기 때문이 아닐까 하는 이야기가 있다고 한다.

성유적이라는 《생태계》의 순환에 인간의 배설물이 더해지면, 성유적이 인간의 생리 현상에 의한 행동을 파악하고 그에 적합한 방을 생성하는 것도 이해가 된다.

그 이론이 정확하다면 성유적 쪽이 일부러 인간이 잠들 수 있는 방 근처에 화장실을 생성하는 의미도 이해할 수 있다.

작은 방을 나와 통로 근처에 가늘고 긴 문을 발견했다.

문을 여니 예상대로 화장실용 방이었다.

크기는 반 평보다 조금 넓은 정도.

천장도 그리 높지 않다.

사용 방법을 예습하기 위해 나는 주머니에서 마물을 쫓는 도구를 꺼냈다.

회색 가루를 굳힌 것이 들어 있어 볼일을 볼 때는 향을 피우는 요령으로 이것을 사용한다.

그 향에는 마물을 쫓는 효과가 있다고 한다.

그러나 이 정도로 좁은 방에 가득해질 양이 아니면 효과를 기대할 수 없다고.

다시 말해 숙박에 사용할 작은 방 정도의 크기라면 대량으로 향을 피워도 효과가 없다.

향의 지속 시간도 짧기 때문에 평상시에 마물을 쫓을 용도로 사용하는 것은 비현실적이다.

성유적의 벽에는 가끔 독특한 회색을 띠는 곳이 있다.

그 부분을 채집해 얻은 가루가 마물을 쫓는 향의 원료가 된다.

마물이 계단을 이동할 수 없는 이유나, 계단 근처의 방에 안전지대가 집중된 이유 중 하나는 이 회색의 특수 석재를 많이 함유하고 있기 때문이라고 한다.

신성의 가호와 회색 가루가 관계가 있는지는 알 수 없다.

어쨌든 이 향을 다시 설명하자면 성유적 안에서 마물의 공격을 받을 걱정 없이 안심하고 볼일을 보기 위한 편리 아이템인 셈이다.

화장실의 위치를 확인했으니 작은 방으로 돌아가기로 했다.

그러자 모퉁이를 돌았을 때 방문이 열려 있는 것이 보였다.

방에서 풍겨져 나오는 식욕을 일으키는 향기.

방을 들여다보자 냄비로 수프를 끓이고 있었다.

성유적 안에는 대부분 이런 안전한 작은 방 근처에 수원이 있다.

그래서 마실 물은 그리 걱정할 필요가 없다.

"하루 정도라면 오래가지 않는 재료도 쓸 수 있으니 오늘은 좀 호화로운 음식을 준비했어요."

보존하기 좋은 재료는 일부러 남겨두고, 오래 보존할 수 없는 재료부터 사용한다.

오래 보존할 수 없는 재료를 가지고 온 것은 다양한 식사를 위해서.

배가 잘 고프지 않다지만 식욕 자체가 사라지는 것은 아니다.

언젠가 식욕은 생긴다.

당연하지만 같은 것만 먹으면 질리기 쉽고 스트레스도 쌓인다.

식사란 일상적인 것이지만 쉽게 볼 수는 없으니까.

냄비 안에 고기와 채소가 보글보글 끓고 있었다.

수프는 어떤 조미료가 들었는지 황토색이었다.

카레라기보다 연한 된장에 가까운 향기일까?

어쨌든 활동을 정지한 위장이 움직이기 시작했다.

큐리에 시가 나무 그릇에 수프를 담아주었다.

거기에 빵과 카람수가 더해져 오늘의 저녁 식사가 갖춰졌다.

수프를 한 번 입에 넣었다.

"……마, 맛있어."

연한 된장 같은 은은한 단맛에 고기와 채소의 풍미.

고기는 탱글탱글 부드럽고 육즙이 가득했으며 채소는 부드럽게 씹혔다.

빵을 수프에 찍어 먹으니 이것 또한 별미였다.

성유적은 지하이니 지상보다 기온이 조금 낮게 느껴진다.

이렇게 몸이 따뜻해지는 음식은 감사하다.

식사가 끝나자 큐리에 씨는 자신의 가방에서 엄지 크기의 작은 병 몇 개를 꺼냈다.

병의 내용물을 꺼내 작은 수저로 양을 측정한 뒤, 그것들을 섞어 수프가 남은 냄비 안에 넣고 저었다.

"그건?"

"다진 약초를 조합한 거야. 전부 몸에 좋은 것들이지. 소화를 도와주는 것도 있어."

이런 부분은 큐리에 씨의 특기 분야다.

큐리에 씨가 조합한 약초가 든 수프로 마무리한 뒤, 예정보다 빠르게 진행된 성유적 공략의 계획을 수정했다.

수정이라 해도 예정보다 원활하게 진행됐으니 좋은 의미의 수정이었다.

수정이 끝난 뒤, 우리는 가벼운 담소를 나누고 잠에 들었다.

다만 한 명은 보초를 서는 역할로 한동안 그대로 일어나 있었다.

교대로 수면을 취하는 방식.

처음엔 세실리 씨가 경계를 섰다.

나는 침낭에 들었다.

그대로 자려했지만 벽이 어스름하게 빛나는 것이 꽤나 거슬렸다.

공략할 때는 광원이 필요 없으니 편리했지만…… 밝기가 신경 쓰여 잠들 수 없었다.

오늘은 별로 피곤하지 않았던 탓도 있겠지만.

하지만…… 본격적으로 성유적 공략을 시작해보니 학원의 평가점을 매기는 방식이 성유적 공략을 격려하는 형태가 된 의미도 알 것 같았다.

그 세이람 요새 탈환 작전 때처럼 성수 기사단의 일원이 되면 며칠이 걸리는 목적지로 이동해 전투를 벌이는 일도 있다.

그럴 때 이렇게 싸움을 이어가며 야영에 가까운 경험을 하며 성유적을 진행한 경험은 도움이 될 것이다.

며칠 걸리는 목적지라면 도중에 야영하는 날도 있을 것이다.

전투 행위만이 성유적 공략의 전부는 아니다.

이동과 식사, 유적 안에서의 휴식을 목적으로 한 숙박이라는 경험도 분명 성수사 후보생에게는 중요한 요소다.

계획을 세우는 것도 마찬가지.

스스로 기간과 공략 흐름을 설정해 예산 분배를 고려한다.

실제로 그런 계획을 술술 진행해준 세실리 씨의 존재감은 컸다.

또한 나 혼자였다면 배낭 속 물건이 공략할 때 은근히 방해가 됐을지도 모른다.

그럴 때 가볍게 싸워줄 두 사람의 존재는 든든했다.

다시 말해, 나 혼자서는 이렇게 원활하게 공략할 수 없었다.

"쿠로히코…… 아직 깨어 있나요?"

세실리 씨가 목소리를 낮춰 말을 걸었다.

"네. 왠지 잠이 안 와서요."

"후후, 그런 기척이 났어요."

천장을 바라보았다.

자신이 성유적에 있다는 사실을 이제야 강렬하게 실감할 수 있었다.

평소라면 잠들기 전에는 자신의 방 천장이 보이니까.

"쿠로히코에게 감사의 인사를 할게요."

"감사의 인사요?"

나는 세실리 씨 쪽을 보았다.

"전 지금 기뻐요."

그녀는 마치 꿈을 꾸는 것만 같은 말투였다.

"오늘 이렇게 함께 공략할 수 있어서…… 역시 전 이렇게 두 사람과 성유적에 들어가고 싶었구나 싶었어요. 그러니 저와 같은 반이 되어준 것을 고맙다고 말하고 싶었어요."

"무슨 말이에요, 세실리 씨."

"네?"

"고맙다고 해야 하는 건 저예요."

그렇다. 고맙다고 해야 하는 것은 내 쪽이다.

"세실리 씨가 공략반에 들어와 준 덕분에 이런 속도로 공략할 수 있었어요. 그리고…… 저도 세실리 씨와 같은 반이 되고 싶었고요. 그러니까, 고마워요."

"쿠로히코……."

"……아, 안녕히 주무세요."

조금 부끄러워진 나는 몸을 옆으로 뉘어 세실리 씨에게 등을 돌렸다.

세실리 씨는 「네」 하고 부드럽게 대답해주었다.

"잘 자요, 쿠로히코."

"……으음."

의식이 돌아온다.

평소와 다른 향기.

그렇구나. 나는 지금 성유적 공략 중이다.

상체를 일으켜 하품했다.

"후아암~ 꽤나 푹 잔 것 같……."

몸이 경직됐다.

의식도 경직됐다.

허를 찔린 표정을 한 큐리에 씨가 재빨리 두 팔로 가슴을 가렸다.

아래부터 게이지가 차오르는 것처럼 그녀의 얼굴을 붉은 게이지가 침식했다.

"어?"

상반신만 속옷 차림을 한 큐리에 씨의 뒤에는 물을 적신 천을 든 세실리 씨가 있었다.

나는 지금 상황을 파악했다.

"으, 으아앗?!"

순식간에 눈을 가리고 뒤로 돌았다.

"죄, 죄송해요! 그보다 뭐 하는 건가요?!"

뒤에서 큐리에 씨가 항의했다.

"그, 그것 봐, 세실리! 그러니까 말했잖아!"

"조, 조금 더 잘 것 같았다고요……. 목소리도 죽였고 소리도 내지 않도록 조심했는데……."

아, 그렇구나. 알겠다.

몸을 닦고 있었다.

성유적 안에서는 목욕을 할 수 없다. 그래서 저렇게 땀이나 얼룩을 닦는다.

"일주일 정도라면 몸을 닦지 않아도 괜찮아!"

"여자뿐이라면 상관없지만…… 쿠로히코도 같이 있잖아요."

"오히려 쿠로히코니까 다소의 체취 정도는 문제없잖아!"

"그럼 향수 뿌릴래요?"

"싫어! 향수는 마음에 안 들어!"

"그럼 몸을 닦는 쪽으로 하죠."

"애초에! 쿠로히코가 일어나고서 몸을 닦는 사이에만 방에서 나가 달라고 하면 되잖아?! 왜 언제 일어날지 모르는 쿠로히코가 있을 때 하는 거야?!"

큐리에 씨가 엄청나게 화를 냈다.

시라스 욕장에 가는 도중에서 드레스를 선보였을 때도 그랬지만, 큐리에 씨는 완강히 거절할 때는 정말로 완강하지…….

"그, 그게요. 이제부터 성유적에서 오랫동안 함께 생활할지도 모르니 쿠로히코도 저희의 노출에 익숙해지는 편이 좋다고…… 생각했지만, 정기적으로 노출을 반복하면 그것대로 특별한 느낌이 사라진다고 어머님께서 말씀하셨던 것 같기도 하고."

"그게 무슨 대답이야!"

반성하는 모습을 보이는 세실리 씨.

"죄, 죄송해요……. 시스라 욕장 때라든가 저번 숙박의 영향으로 쿠로히코 앞에선 저도 모르게 마음이 느슨해지는 모양이에요……."

"뭐, 쿠로히코가 상대라면 상관없다는 점은 이해할 수 있지만…… 나름대로의 절도는 지켜야지."

"조심할게요······."

"그, 그렇게 풀 죽지 마! 으······ 나, 나도 너무 강하게 말한 건지도 모르겠어. 미안."

"후후, 역시 큐리에는 자상하네요."

온화한 분위기인 것은 좋습니다만.

"······."

나는 언제쯤 이 눈을 가리는 손을 치워도 될까요······?

제4장 그녀는 그것을 희망이라 부른다

20계층.

수호종이 앞길을 막는 방이 존재하는 6의 배수가 되는 계층.

후보생들의 대부분이 이 계층의 수호종을 쓰러뜨리지 못하고 졸업을 맞이한다.

수호종 방으로 들어간 우리의 앞에 나타난 것은 썩은 고기의 갑옷과 투구를 입은 인간형 마물이었다.

게다가 세 마리.

신장은 공략반 중에서도 제일 키가 큰 나보다도 머리 하나가 더 큰 정도.

근육은 터질 듯한 햄과 같았다.

맥이 뛰는 혈관이 강인한 인상을 배가시켰다.

마물은 각각 검, 도끼, 창을 들고 있었다.

무기는 전부 한손용.

자세로 볼 때 전투 기술을 지닌 마물이라고 판단할 수 있었다.

세실리 씨가 쌍검을 뽑았다.

"구울 나이트, 네요. ……이번에도 20계층의 수호종 중에서 성가시다고 알려진 마물이 당첨될 줄이야……."

"뭔가 성가신 특징이라도?"

"저 방패에는 술식이 거의 통하지 않는다고 해요. 공격 술식이 무효화되기 때문에 공격 술식을 중심으로 공략을 진행하는 후보생에겐 천적이죠. 그리고 무기를 다루는 수준도 뛰어난 데다 연계도 잘한다고 해요."

고전이 예상되는 평가였다. 하지만.

"크갸아아아아아아!"

각자 한 마리씩 담당해 세 사람 모두 상처 하나 없이 쓰러뜨렸다.

큐리에 씨가 썩은 고기가 달라붙은 리벨게이트를 신경 쓰며 담담하게 말했다.

"사흉재는 그런 전투 능력이 있으면서 술식까지 잘 통하지 않는 괴물이었으니까. 그리고 이 공략반에는 쿠로히코가 있어. 술식이 통하지 않아도 금주라면 통하겠지."

초반 돌발 이벤트로 레벨이 너무 올랐다.

이번에도 RPG 게임으로 비유하자면 말이다.

만약 이게 게임이었다면 단계적인 동선이고 뭣도 없다.

밸런스 붕괴 수준이 아니다.

"으에에…… 쿠, 쿠로히코……."

세실리 씨가 미소녀답지 않은 탁성으로 훌쩍이며 유령 같은 자세를 했다.

"아……."

쌍검으로 화려하게 구울 나이트를 산산이 조각낼 때 튄 희고 푸르고 검은 살점이 몸에 대량으로 붙고 말았다.

그렇다, 마물을 조각낸 직후 이쪽을 향해 의기양양한 얼굴로 어필한 탓에 그대로 썩은 살점을 맞게 된 순간을 나는 목격하고 말았다.

"으에에…… 그냥, 돌아가고 싶어…… 지, 지독해……."

세실리 씨의 귀티 포인트가 바닥을 칠 기세였다.

반면 자신의 팔에 붙은 썩은 살점을 태연하게 털어내는 큐리에 씨.

"유적 내부의 마물이라면 조만간 녹아서 사라지겠지."

그 말대로 썩은 살점이 녹기 시작했다.

그러나 그림으로 볼 때 이건 너무나도 좋지 않았다.

냄새가 남을지는 모르겠지만 저걸 내버려 두는 것도 좀…….

세실리 씨가 괜한 정신적 충격을 받는 것도 그렇고.

배낭에서 깨끗한 수건을 꺼내어.

세실리 씨의 옷과 몸을 닦아주었다.

"이, 이제 괜찮나요?"

"미안해요, 쿠로히코…… 저, 더럽혀졌어요……."

"이상한 말은 그만두세요."

큐리에가 어깨를 으쓱였다.

"이것 참…… 어째 쓰러뜨린 쪽이 더 피해가 막심하군."

세실리 씨가 캐릭터 붕괴를 당할 정도의 정신적 고통을 일시적으로 입고 말았지만, 20계층의 구울 나이트 전으로 확인할 수 있었던 것은 우리의 전투 능력이 압도적인 성장을 이룩

했다는 점이다.

"쿠로히코는 배낭을 멘 채로 구울 나이트를 쓰러뜨렸으니까. 다시 말해 가동 영역이 좁아도 문제없을 정도로 실력의 차이가 있었던 거지."

그러고 보니 배낭을 메고 있었다는 사실을 잊고 있었다.

뭐, 여차하면 금주도 있다.

금주 자체는 최악의 경우 손발이 쓸 수 없어도 발동할 수 있다.

그것은 강력한 특성이라 생각한다.

다음 21계층을 돌파한 우리는 그 기세로 각 계층의 마물을 물리치며 25계층의 수호종인 로드 오우거를 격파, 26계층에 도달했다.

"이 계층부터 함정이 확인된다고 했던가요?"

"아, 쿠로히코! 그 색이 다른 바닥은!"

"어?"

딸칵.

살짝 경쾌한 소리를 내며, 밟았던 바닥이 밑으로 들어간 것 같은데…….

"엇?!"

덥석.

측면 벽 구멍에서 날아든 화살을 내가 손으로 붙잡았다.

화살촉이 내 귀 바로 앞에서 멈췄다.

"후우, 위험했다."

화살이 날아든 구멍을 보았다.

"이 함정이라면 반사 신경을 단련할 때도 쓸 수 있겠네요."

"아니, 그건 딱히 훈련 용도로 설치된 함정이 아니라고요……."

쓴웃음을 떠올리며 가만히 숨을 내쉬는 세실리 씨.

"성유적의 함정도 지금의 쿠로히코에게는 훈련 도구 취급이네요……. 아아, 이제는 만났을 때와는 비교할 수 없을 정도로 강해져서…… 제게 기대던 예전이 신기하게도 그립네요……."

세실리 씨는 그런 식으로 이상한 향수에 젖었지만 30계층에 도달할 때까지 그녀가 보여준 활약은 충분하고도 넘칠 정도였다.

30계층까지 열 군데의 함정을 만났다.

절반은 힘으로 넘었다.

그러나 남은 절반은 세실리 씨가 해제해주었다.

나무 막대기나 무게를 이용해 안전하게 발동하기도 하고, 사전 지식을 활용해 함정의 존재를 예측하기도 했다.

개중에는 바닥으로 위장한 구멍 함정도 있었다.

공략반을 분단시키는 이런 함정에는 특히나 주의해야 할 것이다.

뭐, 지금의 우리에게는 서로의 위치를 알 수 있는 반지형 마도구도 있지만.

원래는 세실리 씨가 지크와 힐기스 씨와 함께 사용하던 마도구라고 한다.

발동하면 빛의 줄기가 떠올라 다른 반지를 장비한 사람이 있는 방향을 알려준다.

다만 문제점도 있다.

이 반지의 효과는 성소를 주입하지 않으면 발동하지 않는다.

다시 말해 성소를 모을 수 없는 나는 스스로 충전할 수가 없다.

반지의 성소 축적량은 많지 않다.

오래 버텨야 10분 정도.

그러니 정기적으로 성소를 주입할 필요가 있다.

그래서 내가 혼자 떨어진 경우에는 합류가 어려워진다. 시간제한이 있는 셈이다.

블루 고블린 집단이 빼곡한 구멍에 떨어졌을 때도 큐리에 씨와 합류는 거의 운에 맡겼었다.

그건 이전 세계에서는 통신수단이 얼마나 잘 발달됐는지를 떠올리게 해준 사건이기도 했지……. 그건 그렇고.

"이거…… 디아레스 씨의 기록을 넘었죠?"

어느새 30계층.

지금까지 최고 도달 기록이 29계층이었으니 이미 기록을 경신하고 말았다.

세실리 씨의 말에 의하면 당시의 디아레스 씨 일행은 30계층으로 가기 전에 되돌아올 결단을 내렸다고 한다.

참고로 26계층 이후에는 이종과도 몇 번인가 조우했다.

환전할 수 있는 크리스털을 제법 주웠으니 지금까지의 출현은 오히려 보너스 이벤트였다고 할 수 있다.

26계층에서 30계층까지는 도중에 작은 방에서 하룻밤을 숙박했다.

이유는 이종의 수가 많았기 때문.

계층의 수가 늘어날 때마다 한 층에 나오는 출현 수가 늘어났다.

많이 처리하면 피로의 문제가 생긴다.

상대는 활기차게 공격해오지만 공략반 쪽은 한 번 싸울 때마다 피로가 축적된다.

한 마리, 한 마리는 고전하지 않는다 해도 집단으로 밀려들면 상황은 달라진다.

수백의 마물의 공격을 받는다면 역시나 응전 난도도 오른다.

이런 점도 디아레스 씨 일행이 되돌아온 요인 중의 하나였는지도 모른다.

게다가 당시의 디아레스 씨의 공략반은 부상자가 있었다고 하니 일찍 귀환하는 판단을 내린 것은 현명하다고 할 수 있다.

다수의 마물이 상대라면 부상자를 감싸며 전투를 벌이기란 쉽지 않은 일이다.

멍해진 세실리 씨의 곁에 큐리에 씨가 서서 말을 걸었다.

"왜 그래?"

"아, 아니요…… 어쩐지 실감이 나질 않아서요."

세실리 씨는 애매한 미소를 떠올렸다.

"아시다시피 제가 졸업할 때까지의 목표로 삼았던 것이 오라버니가 세운 29계층의 기록을 넘는 것이었어요. 그런데 지금 이렇게 생각만큼 어렵지 않게 도달하니…… 실감이 잘 나지 않는다고나 할까요.”

마물을 물리친 후 통로에 선 우리의 시선 너머에는 수호종 방으로 이어질 것 같은 문이 있었다.

세실리 씨가 쓴웃음 지었다.

“정말로 이게 자신의 힘으로 이룩한 것이 맞는가 하는 의문이 머릿속에 떠올라서요.”

“너는 이미 알고 있겠지만 나는 현실을 파악하기 위해 비정한 판단을 내리는 면이 있어.”

큐리에 씨가 리벨게이트의 자루 끝에 손을 얹었다.

“특히 이 성유적 공략은 우리의 미래가 달린 중요한 요소야. 그러니 공략에 짐이 된다고 생각했다면 나는 가차 없이 너를 버렸을 거야.”

부드러운 눈매로 세실리 씨를 바라보는 큐리에 씨.

“하지만 난 너를 버릴 생각이 전혀 들지 않아. 다시 말해 나는 이 공략에 네가 필요하다고 느끼는 거야. 온정이 아니라 현실적으로 봐서.”

“큐리에…….”

동료 의식이 아닌 공략을 위해 필요한 존재.

지금의 세실리 씨에게 필요한 것은 그런 말이었다.

뭐, 실제로 세실리 씨가 생각하는 것 이상으로 우리는 그녀에게 기대고 있으니까.

“세실리 씨가 없었더라면 준비도 더 고생하고 시간도 더 걸렸을 테니까요."

"하지만 전투에선 두 사람 수준에 미치지 못했는걸요."

어깨가 좁아진 세실리 씨.

큐리에 씨가 황당해했다.

인식이 어긋난 것이 황당하다는 느낌이었다.

"여기까지 올 때까지 너도 고전하지 않았잖아? 그럼 지금까지의 계층에서 만난 마물을 상대로도 돌파할 수 있었다는 거야. 더 자신을 가져, 세실리."

"두, 두 분의 지원이 있었던 것 같기도 하고요……."

어쩐지 세실리 씨는 쉽게 받아들일 수 없는 모습이었다.

……어느 시기부터인지 우리에게 미안해하는 것만 같다니까.

"전투 능력에 다소의 차가 있어도 집단전에서는 세실리 씨의 존재는 중요해져요. 여기에 오는 도중에도 느꼈지만 한 사람이 담당하는 마물의 수로 체력의 소모도도 달라지니까요. 휴식 시간을 짧게 잡을 수 있었던 것도 그런 점을 분담할 수 있었기에 가능했던 거고요."

실제로도 그렇다.

"그리고 전에도 말했지만, 저는 세실리 씨가 필요해요. 솔직히 말해 세실리 씨가 어떻게 생각하든지 간에요."

아마도 자신이 상상하던 것보다 쉽게 목표를 달성한 것이 불안으로 변질됐을 것이다.

그러나 세실리 씨의 전투 면에서의 성장은 실제로 눈부셨다.

의외로 그녀야말로 자신의 성장을 자각하지 못하고 있지 않은가.

나는 마음을 풀어주려 세실리 씨의 앞에 선 뒤 좌우 쇄골 사이를 콕콕 찌르며 농담처럼 말했다.

"가끔 자신에 대한 평가가 너무 낮다고 제게 말했었지만, 세실리 씨야말로 자신에 대한 평가가 너무 낮은 것 아닌가요?"

푹푹.

"……어라?"

말랑.

"아……."

좌우 쇄골의 사이를 콕콕 찌르려 했지만.

"쿠, 쿠로히코……."

어째서인지 세실리 씨의 가슴을 콕콕 찔렀다.

"……."

죄송합니다.

진심으로 죄송합니다.

위치를 제대로 확인하지 않았습니다.

"우앗?! 죄, 죄송해요! 그럴 생각은 아니었어요! 으아아아아!"

부끄러운 나머지 나는 도망치려 했다.

그러나 팔을 꽉 붙들렸다.

"괘, 괜찮으니까…… 알고 있으니까…… 격려해주려 한 거죠? 하지만 쿠로히코는 그런 연기가 익숙하지 않으니까…… 거기까지 생각하지 못했던 거죠?"

세실리 씨는 부끄러워하면서도 너그러운 마음으로 용서해

주었다.

그러나 내 가슴속은 죄악감으로 가득해졌다.

오히려 너그러운 태도를 보여주었기에 오히려 죄송한 심정으로 가득했다.

약 10분 후, 실내에는 마물의 비명이 울렸다.

"크긱?! 케야아아아아아아?!"

나는 가슴에 차오른 죄악감으로부터 도망치려는 듯이 30계층의 수호종 방에 있던 식충 식물 같은 마물을 순식간에 처리했다.

피로가 잔뜩 몰려와 숨을 깊게 내쉬었다.

전투에서 체력을 소모한 것이 아니다.

자신의 실수에 지쳐버린 것이다.

왜 그럴 때 그렇게 되는 거냐고…….

"후후…… 쿠로히코의 숙맥 같은 행동 덕분인지 가슴속에 있던 답답함이 사라졌네요."

방금 치명상 일보 직전의 실수에도 부차적인 효능이 있었는지도 모른다.

세실리 씨의 얼굴에서 방금까지 있었던 불안감이 사라졌다.

그러자 고혹적으로 손가락을 입술에 댄 세실리 씨가 요염한 눈빛을 보냈다.

"답답해할 때마다 쿠, 쿠로히코가 가슴을 찔러주면 좋겠네요."

"좋을 리가 없잖아요! 정신 차리세요, 세실리 씨! 제가 잘못했어요!"

지금 있는 수호종 방에서 한 번도 나설 차례가 없었던 리벨 게이트를 큐리에 씨가 칼집에 넣었다.

"뭐랄까…… 두 사람 모두 아직 여유가 있는 모양이군."

회중시계를 꺼낸 큐리에 씨가 「흠」 하고 침음했다.

"최하층 도달까지 얼마나 걸릴지 모르는 이상 진행할 수 있는 곳까지는 나아가두고 싶은데…… 아직은 마물의 강함이나 함정은 큰 장해가 되지 않았어. 좋아, 그러면……."

큐리에 씨는 시계를 품에 넣고 31계층으로 이어지는 문을 바라보았다.

"갈 수 있는 곳까지 이대로 빠르게 가볼까."

계층이 깊어지니 구조가 달라졌다.

말은 그래도 기본 요소는 변하지 않았다.

마물이 강해졌다.

수가 늘어났다.

이종의 수도 늘어났다.

함정의 규모가 커졌다.

이러한 것들이 단계를 거쳐 강해지는 느낌이었다.

함정은 《규모가 커졌다》는 점이 포인트일까.

어디까지나 규모가 커지기만 했을 뿐인 것이 다행이었다.

교묘하게 설치된 함정은 아직 볼 수 없었다.

예를 들어 환술 미궁과 같은 것.

세실리 씨의 분석으로는 서식하는 마물이 함정을 알아보지 못했을 때 곤란해질 만한 것은 설치되지 않았을지도 모른다고 한다.

지나치게 공을 들인 함정은 자칫 유적의 수호자라 불리는 마물들까지 죽일 수도 있다.

그래서 설치 자체는 마물의 지능으로도 파악할 수 있게 만들어졌는지도 모른다.

발동 조건이 단순한 장치가 많은 것도 그런 이유에서일까.

평균적인 마물의 강함은 사이클롭스의 곱절 정도의 인상이었다.

물론 수호종 방의 마물은 계층에 비례해 상당히 강해졌지만.

그러나 아직 우리의 상대는 아니었다.

다만 출현하는 수가 증가한 영향으로 피로 누적 문제가 나름 크게 부상했다.

장기간 공략을 고려한다면 피로를 다음 날까지 이어져서야 곤란하다.

그러니 36계층 정도부터는 되도록 피로를 푼 뒤에 진행하게 됐다.

조급해지면 반대로 시간이 더 걸린다고 판단했다.

세실리 씨는 휴식을 취할 때마다 얻었던 계층의 정보를 꼼꼼하게 적었다.

30계층 이후의 정보는 그리 많지 않다.

학원이 생기기 전에 공략했다고 알려진 성수사들의 일부가 남긴 기록과 성수 기사단의 조사대가 기록한 간이 자료가 존재할 뿐이다.

오래된 기록은 특정 계층의 정보가 적히지 않는 것도 많다.

뭐, 공략 중에 기록을 적을 여유가 있는 사람도 그리 많지는 않겠지.

참고로 자료를 적는 이유는.

"특급 성유적에 갔을 때 도움이 될지도 모르니까요."

그렇다고 한다.

40계층의 수호종 방으로 가던 도중, 노이즈의 용새로 보이는 방을 발견했다.

선반이나 상자의 내용물은 빈 상태였다.

아마도 기사단이 접수했겠지.

다만 사람의 신장보다 커다란 장치와 커다란 책상은 남아 있었다.

귀환할 수 있는 방까지 옮기기 어렵다고 판단했겠지.

애초에 이런 커다란 도구를 노이즈 혼자 어떻게 여기로 옮겼는지가 의문이었지만, 큐리에 씨가 한 가지 추측을 이야기했다.

무기물의 크기를 바꿀 수 있는 엄청나게 귀중한 마도구를 사용했으리라는 것이 그녀의 추측이었다.

노이즈는 제6원 시절 큐리에 씨에게만 특별히 알려준다며 그 마도구에 관해 이야기한 적이 있다고 한다.

"원래는 타소가레의 소유물이었다고 해. 하나밖에 없는 귀중한 것으로, 크기의 변화와 원래 크기로 되돌리는 두 번의 사용으로 망가진다고 들었어."

아끼지 않고 사용했다는 건가.

누구에게도 들키지 않을 것이라 판단한 성유적 지하에서 자신의 부대가 될 골렘을 생성하기 위해.

"그 녀석은 목적을 이루기 위해서라면 《아깝다》고 생각하지 않아. 그저 항상 자신에게 이익이 되는지만 생각하지."

"그런 인상은 있었죠."

"지금은…… 조금 변한 것 같기도 하지만."

어쩐지 감상에 젖은 큐리에 씨는 잠시 용새 안을 둘러보았다.

그 후 우리는 그 용새에서 본격적으로 짐을 정리했다.

이곳에 오는 사이에 크리스털과 성검, 마도구 등의 부산물을 손에 넣었다.

세실리 씨가 마도구를 잘 아니 이번 기회에 하나씩 감정했다.

안타깝게도 마도구는 이미 알려진 것들뿐으로 이렇다 할 물건은 없었다.

성검도 세실리 씨의 프라이어스를 뛰어넘는 성능은 아닌 것 같았다.

부피가 큰 물건은 두고 가기로 했다.

성검이나 마도구의 일부는 생김새 때문에 배낭에 넣기 힘들다.

듣자니 부산물을 원하는 공략반은 전용 짐꾼을 준비할 정도라고.

"순도가 높은 크리스털을 중심으로, 앞으로의 공략 자금에 도움이 될 듯한 물건만 가져가요."

나와 큐리에 씨는 그런 세실리 씨의 제안에 찬성했다.

목적은 어디까지나 최하층에 도달하는 것. 부산물이 아니다.

"그럼."

이 시점에서 한 가지 알게 된 점이 있다.

성유적을 조사한 기사단은 노이즈의 용새를 발견한 시점에서 조사를 마쳤다고 들었다.

다시 말해 능숙한 성수사들이 조사한 것은 여기까지.

오래된 기록도 이 이후의 계층에 대한 정보는 없다.

이 너머는 미지의 영역.

"여기서부터는 지금보다 더 주의해서 진행해요."

노이즈의 용새를 나온 우리는 40계층의 수호종을 격파하고 공략을 재개했다.

41계층 이후부터는 공략의 속도가 느려지기 시작했다.

식량에 제한이 있는 것을 고려하면 공략은 빠른 편이 좋다.

피로의 장기 누적 문제도 있다.

마물의 강함으로 말하자면 아직 여유가 있었다.

피로도 되도록 풀면서 진행했다.

그러나 줄곧 지하로 들어가는 폐쇄감을 시작으로 한 정신적 부담에 의한 피로는 풀 수가 없었다.

신체적인 피로도 청결하고 푹신한 침대에서 자는 것과 비교하면 피로 회복의 정도는 당연히 약하다.

마치 침전물처럼 천천히 축적된다.

성유적에 들어가는 행위는 역시 평범한 전투 행위와는 다른 요소가 있다는 것을 다시금 통감한 기분이었다.

그래도 우리는 굴하지 않고 최하층을 향했다.

목표는 특급 성유적.

진짜 무대에 오르기도 전에 포기할 수는 없다.

무엇보다 동료의 존재가 크다.

혼자서 들어왔다면 꺾였을지도 모른다.

가끔 농담을 주고받으며, 서로를 배려하며 공략해 나간다.

학원이 공략반을 맺는 것을 추천한 것은 동료의 소중함을 진정한 의미로 깨닫게 해주기 위해서인지도 모른다.

지금은 그런 생각이 들었다.

그리고 우리는 31계층에서 일주일 정도 걸려…… 드디어 최하층으로 여겨지는 곳에 도달했다.

"정면에 있어야 할 문이 없네요."

세실리 씨가 방금 지났던 뒤의 문을 경계하며 말했다.

그렇다, 지금까지의 수호종 방에는 다음 계단으로 이어지는 문이 존재했었다.

"이 방의 수호종을 쓰러뜨리면 나타날 수도 있지만…… 이게 최후의 방이라는 것도 좀 이상해. 문이라고 하면 들어온 쪽의 문도 신경 쓰이고."

큐리에 씨가 돌아보았다.

우리가 들어온 문은 철로 보이는 틀 이외의 대부분이 파괴되어 있었다.

그것만이 아니다.

이 수호종 방은 이상하다.

방이라고 하기엔 지나치게 넓은 것도 같다.

게다가 좌우로 넓고 그 너머에는 짙은 어둠이 깔려 있었다.

세실리 씨가 소매로 코를 가렸다.

"윽……? 이게 무슨 냄새일까요?"

확실히 방에 감도는 냄새도 어쩐지 독특했다.

짐승 냄새가 엉켜 시큼해진 듯한 냄새.

이 계층 그 자체가 황폐해진 슬럼 같은 인상이 있었다.

대체 뭘까?

지금까지의 계층과 분위기가 다르다.

"……있네요."

기척을 감지했다.

"수가 많아."

큐리에 씨도 느낀 듯하다.

나는 배낭을 바닥에 내려두었다.

허리에 찬 요도를 뽑았다.

비유하자면 마치 목에 걸린 가래가 끓는 듯한 거슬리는 으르렁 소리가 어둠 저편에서 들렸다.

"부고, 고그, 고…… 우, 이, 인가…… 인간……."

"인간이라고 했어……?"

검을 들고 전투 준비를 한 큐리에 씨.

말하는 마물?

그런 것은 처음이다.

그때 방 안쪽에 불이 밝혀졌다.

벽에 설치된 횃불에 이 방에 있는 무언가가 불을 붙인 것이다.

"그렇군."

큐리에 씨가 살짝 미소 지었다.

"오크인가."

인간 형태이지만 인간이 아닌 마물.

커다란 이빨.

뾰족한 귀.

볼록하게 부푼 배.

두꺼운 팔과 다리.

손에는 인간이 드는 것과 비교해도 손색이 없는 무기를 쥐고 있다.

특징이라면 어두운 녹색 피부일까.

저 피부가 무엇을 뜻하는가.

이종.

성신의 가호가 닿지 않은 마물.

다시 말해 가호로 약체화되지 않았기 때문에 오리지널의 강함을 지닌다.

"오크 종류는 마물 중에서도 상당히 지능이 높은 종족이라고 해요. 그래서 다른 마물과 다르게 단순한 포식 목적인 살인만으로는 끝나지 않는 피해도 보고되고 있어요. 예부터 그 위험성은 상당히 높은 부류로 지정되죠."

끈적한 침이 입에서 흘러나와 뚝뚝 소리를 내며 바닥으로 떨어졌다.

침을 홀쩍이는 소리가 무척이나 불쾌했다.

유난히 커다란 발소리.

발소리의 주인이 나설 길을 만들어주듯이 오크들이 좌우로 갈라졌다.

"크……."

다른 녀석들보다 한층 커다란 오크가 나타났다.

아마도 저 녀석이 이 방의 수호종.

"붙잡, 아…… 주, 마아……."

붙잡아주마, 하고 말한 건가.

죽인다는 것이 아니라.

어느새 좌우를 오크 무리에게 포위된 형태가 됐다.

그것만이 아니다.

파괴된 입구의 문에서 오크가 무리를 지어 나타났다.

……블루 고블린 때가 떠오른다.

"개인적으로는 그다지 좋아하는 종족이라고는 할 수 없겠군."

아까부터 큐리에 씨의 시선이 유독 차갑다.

조금 무서울 정도로.

그녀의 시선이 몇 번 방을 오갔다. 아까부터 몇 번인가 그것을 반복했다.

무엇을 보는 걸까?

"아……."

나는 이해했다.

횃불이 켜져 수용소처럼 보이는 방이 보였다.

거기에 엉망이 된 인간용 의복, 갑옷, 무기, 그 외 기타 등등이 흩어져 있었다.

성유적에서 죽으면 지상으로 살아있는 상태로 자동 전송된다.

그러나 붙잡은 뒤 죽이지 않고 포로로 살려둔다면…….

"이런 분노가 느껴지는 건 오랜만이군."

큐리에 씨의 분노에 압도됐는지 오크들이 겁에 질려 한 발자국 물러났다.

저 옷의 주인들은 아마도 농락당하다 죽었을 것이다.

우리 안에는 고문 도구로 보이는 물건, 벽과 갑옷, 옷에 보이는 피의 흔적이었을 얼룩이 그것을 증명했다.

후보생의 옷이 아닌 것 같았다.

학원이 설립되기 전에 성유적을 공략했던 사람들의 것일까.

예전 성수 기사단의 단원일지도 모른다.

어쩌면 더 예전에 이 계층을 탐색하던 모험가들일까.

내 시력으로 확인하기에는 제법 오래된 것으로 보였다.

"부, 고…… 그…… 부호오오오오오!"

밀려드는 위압감을 견디지 못하게 됐는지 한 오크가 곤봉을 휘두르며 날뛰었다.

"……후오?"

큐리에 씨가 눈에 보이지 않는 속도로 달려든 오크의 앞으로 이동했다.

이미 검을 휘두른 후의 자세.

"종말향에 있었을 때는 자주 이런 기분이 들었었지."

질펀하게 늘어진 오크의 배가 둘로 갈라졌다.

"자기만족이라 미안하게 됐지만. 눈에 들어온 이상, 이 짜증은 간단히 억누를 수 없을 것 같다."

물을 끼얹은 듯이 조용해진 뒤 침을 튀기며 포효하는 오크들.

공포를 분노로 바꾼 것이다.

"오크의 강점은 다른 다양한 감정을 공격적인 감정으로 배제할 수 있는 점이라고 들은 적이 있어요."

해설하는 세실리 씨도 이미 전투태세에 들어갔다.

"큐리에 씨의 등을 맡겨도 될까요?"

"알겠어요."

"수호종 오크는 큐리에 씨가 그대로 쓰러뜨릴 거예요. 오크 쪽을 아무리 높게 쳐줘도 큐리에 씨의 술식 마장 이상의 마물로는 보이지 않으니까요."

"쿠로히코는요?"

"입구 쪽과 왼쪽 오크를 우선해서 닥치는 대로 벨게요."

길게 이야기할 여유는 없다.

짧은 대화로 바로 행동에 들어가는 점도 의사소통을 거듭한 동료의 장점이라 할 수 있다.

"오른쪽과 제가 놓친 쪽은 두 사람에게 맡길게요."

"네……."

말이 끝나자마자 세실리 씨가 행동을 개시.

"맡겨주세요."

큐리에 씨의 호위를 위해 세실리 씨가 돌진했을 때, 나는 이미 처음 한 마리째의 목을 쳐냈다.

"부……고, 후고…… 부객?!"

리벨게이트의 무자비한 칼날이 엎어진 수호종 오크의 후두부에 박혔다.

서걱.

"이 녀석이 마지막인 모양이군."

결국 큐리에 씨는 술식 마장을 사용하지도 않고 수호종 오크를 압도적인 전투 능력으로 쓰러뜨렸다.

"후우."

턱에 흐른 땀을 소매로 닦은 세실리 씨.

"녹는 성질이 없었더라면 지금쯤 이 방은 엄청난 광경이었겠네요."

방에 남은 것은 크고 작은 다양한 크리스털.

나는 《광앵》을 칼집에 넣었다.

한 가지 알게 된 것은 성유적에서는 이 요도의 진가를 발휘할 수 없다는 점이다.

피를 에너지로 삼아 날카로워지는 칼이지만 성유적에서는 마물의 피는 시체와 마찬가지로 얼마 후에 녹아서 사라진다.

그래서 마물의 피로 날카로움이 늘어나는 것은 일시적일 수밖에 없다.

연속으로 마구 베다 보면 다소는 유지할 수 있지만…….

"다른 방도 조사한 뒤니까…… 이곳이 최하층인 셈인가. 뭔가 딱히 특별한 것이 있는 것 같지는 않다만……."

귀환용 전송 장치가 있는 방이나, 계단 근처의 휴식용 방도 확인했다.

이 계층에 시계탑의 지하 제단과 같은 곳은 없었다.

세실리 씨가 녹슨 수용소의 철창에 손을 대고 안을 바라보며 말했다.

"앞으로 최하층까지 도달하는 후보생이 나올 것을 생각해서…… 오크의 방인 이 최하층의 정보는 학원 측에 보고해두는 편이 좋겠네요."

성유적의 마물은 사라지지 않는다.

계층 내의 마물을 모조리 없애도 다시 어디선가 생겨난다.

그것은 과거에도 확인된 사항이라고 한다.

"부……구, 고……, ……."

아직 숨이 붙어 있던 수호종 오크가 힘이 다했다.

오크와 싸워 실감할 수 있었던 점은 그 강인한 생명력이다.

터프한 마물이었다.

머리를 칼로 뚫려도 한동안 살아 있는 것을 보면 과연 대단한 생명력이라 할 수 있다.

큐리에 씨가 계층을 표시하는 팔찌의 색을 보았다.

계층을 내려갈수록 투명해지는 팔찌.

"뭐, 이걸로 특급 성유적으로의 길은 열렸군. 어디, 크리스 털을 회수해 귀환 방으로……."

그때 녹기 시작하던 수호종 오크의 몸이 빛나기 시작했다.

미세한 진동을 동반한 땅울림.

"뭐, 뭐지?!"

성유적의 땅울림.

좋은 추억이 없다.

"칫! 쿠로히코, 세실리! 빨리 귀환 방으로."

순간, 아래에서 튀어 오르듯 나와 두 사람 사이에 벽이 출현.

마치 말뚝을 박는 기세로 반응할 틈도 없이 벽이 우리를 나 누었다.

"쿠로히코!"

나를 부르는 두 사람의 탁한 목소리.

작지만 들렸다.

"큭!"

수호종 오크의 죽음이 방아쇠가 된 것은 알 수 있었다.

그러나 뭘까.

마치 성유적이 이 순간을 기다렸던 것처럼…….

살아 있는 유적이라는 말이 다시 머릿속에 떠올랐다.

쿵, 하는 묵직한 소리.

부유감.

그러나 그 블루 고블린처럼 구멍이 뚫린 것이 아니다.

"이건……."

엘리베이터처럼 내가 있는 곳만 아래로 내려가고 있다……?

위를 보았다.

천장을 만들려는 듯이 좌우에서 돌이 계속해서 겹쳐졌다.

이래선 제5금주의 날개로 날아도 돌아갈 수 없다.

제3금주로 원을 그려 원기둥 모양의 구멍을 뚫을까?

안 된다.

만약 큐리에 씨나 세실리 씨가 아래를 들여다보고 있다면 두 사람을 끌어들일 가능성이 있다.

일행에서 떨어진 것은 나뿐.

나를, 죽이려 하는 것인가.

나를, 부르려 하는 것인가.

방의 이동이 멈췄다.

커다란 통로.

오래된 냄새.

먼지를 토해낸 돌바닥이 입을 벌린 어둠 저편으로 이어졌다.

서둘러 마도구 반지를 확인.

서로의 위치를 알 수 있는 그 반지다.

만에 하나를 위해 수호종 방에 들어가기 전에 충전했다.

과거의 경험으로 최악의 사태를 대비해두길 다행이다.

푸르스름한 빛줄기가 가느다랗게 이어져 살짝 위를 가리켰다.

낙하 속도와 시간으로 볼 때 거리가 많이 떨어지지 않았을 것이다.

그 수호종 방과의 거리는 멀어도 3, 4계층 정도일 것이다.

"기, 교…… 기게게!"

어둠 너머에서 처음 보인 것은 친숙한 블루 고블린이었다.

그 뒤에서 줄줄이 각 계층에서 만난 이종 마물들이 모습을 드러냈다.

성신에게 힘이 억제된 하얀 마물은 한 마리도 없었다.

전부 오리지널 마물.

"스읍……."

호흡을 가다듬었다.

시정검과 요도를 칼집에서 뽑았다.

양손으로 들고서 한 발 앞으로.

신기하다.

그때만큼 초조하지 않다.

"미안하지만……."

지금의 나에게는 반드시 두 사람에게 갈 수 있다는 확신에 가까운 예감이 든다.

"방해한다면 용서하지 않겠어."

선두의 블루 고블린이 다가온 동시에 내 시정검이 그 목을 갈랐다.

이제는 상대의 돌진에 맞춰 기선을 제압하는 것 정도는 거의 반사에 가까운 행동이 됐다.

주변 마물이 전투태세를 갖추기 전에 한 마리, 두 마리, 세 마리, 연달아 쓰러뜨렸다.

전진하며 마물 무리를 처단.

어느 마물도 성무제 중에 싸운 종말의 십시군에게도 미치지 않는다.

그러나 동작은 최소한으로 한다.

조금이라도 체력을 보존하기 위해.

베고, 베고, 베어 죽인다.

죽이고, 죽이고, 죽인다.

적의 순수한 살기가 내 피부를 찌른다.

그러나 이미 그런 것 정도는 익숙하다.

앞으로는 나를 향한 살기에 겁을 먹을 일은 없을 것이다.

오히려 두려운 것은 소중한 사람들을 향한 살기.

나는 이리로 떨어진 자신보다도 남겨진 두 사람이 걱정됐다.

성유적은 그 두 사람에게 해를 가하지는 않을까.

신경 쓰인다.

한시라도 빨리 돌아가야 한다.

두 사람이 무사한지 확인해야 한다.

달린다.

푸른 피를 맞으면서도 위로 이어지는 길을 찾았다.

벽의 빛이 강해졌다.

원래 길로 돌아가고 있는 걸까?

우선 빛이 강한 쪽으로 발을 옮겼다.

계속해서 마물들이 밀려든다.

방해된다.

탐색의.

나는, 뒤에서 밀려드는 마물 쪽으로 돌아보았다.

"방해된다."

멈췄다.

마물의 움직임이.

"……."

뭐지, 지금 목소리는?

마치…… 살기를 방출할 때의 베슈검의 목소리 같았다.

그보다 말을 꺼낸 자신이 조금 멈칫했을 정도였다.

자신을 향한 살기에 겁먹을 일이 없으리라 생각한 직후에 자신이 낸 목소리에 겁을 먹다니.

……뭐, 됐다.

어쨌든 마물의 움직임이 멈췄다.

서두르자.

이 계층에서는 아직까지 문이 보이지 않는다.

애초에 계단 자체가 존재할까?

문득, 멈춰 섰다.

멀리서 구멍이 보였다.

위로 이어진 것처럼 보이는데…….

저것을 오르면 위로 돌아갈 수 있을까?

뒤에서 마물 무리의 기척을 느끼며 달렸다.

그러나 나는 수십 미터가량 달렸을 때 브레이크를 걸었다.

무언가 있다.

문처럼 보이는 것이.

본적이 있는 문장이다.

그래, 어디선가…….

뭐지?

어디서 봤지?

"맞아."

떠올랐다.

시계탑 지하에 있었던 그 제단.

그 제단에 그려진 문장이다.

마키나 씨와 둘이서 갔던 그 시계탑 지하에 있던 것.

"설마……."

나는 이미 지나친 통로 쪽을 돌아보았다.

◇

쿠로히코와 헤어진 직후의 일이다.

배후의 벽에 금이 가는 소리가 나는가 싶더니, 곧바로 파열

되듯 벽이 튕겼다.

재빨리 돌아보는 세실리 아크라이트.

큐리에 벨스테인도 검을 뽑고 돌아보며 자세를 잡았다.

벽 너머에서 나타난 것은.

"……뭐야, 저건."

커다란 마물이었다.

수호종 오크보다 훨씬 거대한 마물.

사이클롭스급의 체구.

지금까지 만났던 마물과 무언가 달랐다.

몸은 인간형.

해골에 볼품없는 살을 붙인 듯이 불길한 머리.

입이 기묘하게 컸다.

게다가 머리가 셋.

팔을 여덟.

각 팔은 거대한 검을 쥐고 있었다.

피부는 황토색에 피부에는 검붉은 혈관이 불거졌다.

유독 눈에 띄는 것은 마치 임신한 것처럼 이상하게 볼록한 배였다.

"저 마물…… 혹시 알아? 세실리."

멍하니 바라보던 세실리는 다급히 큐리에의 질문에 답했다.

"아, 아니요…… 과거의 문헌에도 저런 마물의 기록은 없을 거예요. 제가 아는 범위로는요."

그때.

"그, 보…… 오에, 오게에에에에에에!"

마물이 앞으로 몸을 굽혀 **구토했다.**

"그런……."

순간 세실리의 자세가 풀어졌다.

그만큼 충격적인 광경이었다.

세 머리의 입에서 대량의 마물이 쏟아졌다.

마치 낳는 것처럼.

토해내진 마물은 수십 마리의 오크였다.

점액으로 범벅인 오크들이 우뚝 일어섰다.

지면에 떨어졌던 죽은 동포들의 무기를 든 오크들은 드러낸 이빨을 번쩍이며 세실리 일행 쪽을 보았다.

"설마 저 마물이 성유적에 마물을 공급하는 건가?"

각 계층에 저런 공급용 마물이 있는 것일까.

알 수 없다.

어쨌든 지금은 적을 쓰러뜨려야 한다.

그리 오래 걸리지 않아 둘이서 절반 이상을 베었다.

서로 등을 맞대고 항상 세 머리를 주의하며 오크들과 대치했다.

"하아, 하아……."

그제야 세실리는 간신히 호흡을 가다듬었다.

"괜찮아?"

"후후, 지금보다 성무제 결승이 더 힘들었어요."

큐리에의 호흡은 아직 흐트러지지 않았다.

"큐리에."

"왜?"

갑자기 세실리는 마지막으로 짧게 호흡을 가다듬었다.

"저를 지킨다는 생각은 않으셔도 돼요."

"……뭐?"

"짐이 되기 싫거든요."

"……."

"공략 중, 전투 시에는 줄곧 저를 지키듯이 움직이셨죠?"

"바보, 틀렸어."

"네?"

"이 성유적에 들어온 뒤로 너를 지키려 한 적은 한 번도 없어."

큐리에가 흥, 하고 코웃음 쳤다.

"나는 널 지키는 게 아니라 줄곧 네게 **등을 맡겼던 것** 뿐이야."

"……큐리에."

"네게 내 사각을 맡길 수 있다고 판단했으니 마음 편히 앞으로 나선 거지. ……온다, 세실리."

오크의 전투태세가 갖춰진 모양이다.

검을 고쳐 쥔 큐리에.

세실리도 자세를 고쳤다.

"쿠로히코가 돌아올 때까지 한동안 버티자. 우선 1젬에크(1시간)…… 그때까지 이곳 마물을 처리한다. 알았지?"

"……네."

그때 오크의 절반이 움직여 출구를 막았다.

"그렇군, 우리를 놓치지 않을 생각인가…… 우선 퇴로를 확보하자, 세실리."

둘이서 사각을 보완하며 출구를 향한 길을 막아서려 공격해오는 오크 무리를 베어 넘겼다.

"그, 고……오, 고, 고게에에에에에에에!"

오크를 베며 나아가던 중, 다시 세 머리가 구토.

오크의 수가 수십 마리 더 늘었다.

지금 시점에서 이미 백을 넘었다.

게다가 세 머리는 구토하며 이동을 개시.

구토하며 괴상하게 걷는 모습은 불쾌함을 불러일으켰다.

세 머리는 방의 출구로 다가갔다.

"어떻게든 우리를 놓치고 싶지 않은 모양이네."

세실리는 빈틈을 노려 공격 술식을 세 머리의 발을 향해 쏘았다.

술식은 직격.

허벅지의 살점을 도려냈다. 그러나.

"뭐?!"

술식으로 입은 상처가 점점 치유됐다.

"재생 능력까지 있다는 건가요……."

이제 출구가 보이지 않을 정도로 목적지에 오크가 빼곡하게 모였다.

다시금 세 머리가 구토.

회전 베기로 세 마리의 오크를 동시에 처리한 큐리에가 혀를 찼다.

"끝없는 생성 능력이라는 건가. 생성해내는 본체를 어떻게든 하지 않으면 말라 죽게 생겼군……."

리벨게이트가 발광, 술식 마장.

신성한 백은의 갑옷을 두른 큐리에가 불쾌한 소리를 지르며 달려드는 오크를 베고 세 머리 근처까지 달렸다.

한번 정지한 뒤, 도약.

공격하는 여덟 개의 팔에 들린 검을

큐리에는 자신을 공격하는 여덟 개의 팔에 들린 검을 훌륭히 넘겼다.

그리고 중앙의 머리를 향해 사정거리가 긴 빛의 칼날을 휘둘렀다.

빛의 칼날이 중앙의 머리를 비스듬히 갈랐다.

"키이이기에에아아아아아아아!"

고막을 가를 듯이 날카로운 비명.

"흥, 불쾌하게 우는 마물이군. ……그럼 이대로 남은 둘도……."

다시 도약하려 한 큐리에의 움직임이 멈췄다.

"……뭐라고?"

중앙의 머리가 벌서 재생을 시작했다.

게다가 5베우(5초)도 걸리지 않고 회복을 마쳤다.

그리고 머리가 약점도 아니었다.

어딜 공격해도 저 재생 능력은 유효하다는 것인가.

침을 튀기며 달려드는 오크를 베어 죽인 세실리의 땀 중에 식은땀이 섞였다.

"재생하는 속도가 너무 빨라……."

서로 위치를 잡고 포위하는 오크 무리와 다시 대치.

"오그에엑, 그에…… 보그에에에에엑!"

세 머리의 구토로 오크가 더욱 증가.

곤란하다.

이대로는 수에 떠밀린다.

"큐리에."

"그래, 알고 있어."

두 사람 모두 머리에 떠오른 것은 쿠로히코임이 분명했다.

"이 계층에서 그 녀석을 기다리는 건 힘들지도 몰라."

"무사하겠죠?"

"이런 곳에서 죽을 리가 없지. 그것보다 그 녀석이 더 힘들어 할 것은……."

큐리에가 팔꿈치로 세실리의 옆구리를 가볍게 쿡 찔렀다.

"네가 여기서 저 마물들에게 죽거나 붙잡히는 거야."

"당신도요."

"……그 녀석이라면 걱정할 것 없어. 지금의 그 녀석은 나보다 강해. 그러니까 그 녀석이라면 우리가 무사히 있기를 더 바랄 거야."

"그렇다면 우리가 지금 가야 할 곳은 한 층 위의 계층으로 이어지는 계단이겠죠?"

"그래."

성유적의 마물은 계층 이동을 할 수 없다.

성유적에서는 종종 이 법칙을 이용해 마물에게서 피난한다.

이것은 성유적 마물이라면 어떤 마물에게도 유효한 방법이다.

세 머리를 지닌 저 미지의 마물이 그 법칙을 깨고 위 계층까지 쫓아올 마물이 아니라면 말이지만.

지금은 귀환 전이 장치를 사용하는 방법을 고를 수 없었다.

기동하려면 성소가 필요하지만 쿠로히코는 성소를 모을 수 없다.

혼자 남겨지면 그는 홀로 50계층만큼을 올라와야 한다.

"저 재생 능력을 지닌 세 머리를 죽일 수 있을지는 몰라도, 쿠로히코가 이 녀석들에게 붙들릴 것 같지는 않아."

도망칠 수 있다고, 큐리에는 그렇게 판단한 듯했다.

큐리에가 옷의 일부를 빠르게 잘라낸 뒤, 그것을 순식간에 잘게 잘랐다.

"우리의 옷 조각을 도중에 뿌리며 계단으로 가자. 쿠로히코라면 그걸 보고 우리가 위 계층으로 피했다고 추측할 거야."

이럴 때도 큐리에는 냉정하게 판단했다.

세실리는 용암처럼 끓어오르는 초조함에 사로잡힌 자신을 부끄러워하며 그녀의 냉정한 판단력과 듬직함에 감사했다.

오크가 희열에 찬 모습으로 도발을 시작했다.

숫자로 압도하는 상황.

승리를 거머쥔 기분일까.

세 머리는 불길하게 침묵하고 있었다.

상태를 살피는 것처럼 보이기도 했다.

"우선 출구로 돌파하자. 최저한의 수만 쓰러뜨리면 돼."

"……네."

온몸에 식은땀이 흐르는 것을 알 수 있었다.

"배낭은…… 조금 멀군. 일단 회수는 포기하자."

식량도 들었지만 지금은 이 계층에서 피하는 것이 최우선이라고 그녀는 판단했다.

주위에 주의를 기울이며 큐리에가 얼굴을 가까이했다.

"우선 내가 세 머리의 두 발을 벨게. 그럼 세 머리가 다리를 회복하고 일어서기 전에 퇴로를 막는 오크에게만 공격을 집중하며 돌진…… 그렇게 하자."

"……."

"세실리……? 왜 그래?"

큐리에가 위화감을 느낀 표정을 한 뒤, 깨달았다.

"설마 너……."

세실리가 고개를 숙였다.

"죄송해요."

들키고 말았다.

"다리를…… 다쳤어?"

"아까 오크를 몇 마리 한꺼번에 벴을 때 쓰러져 죽어가던 오크의 손에 발을 붙잡혔는데…… 그때."

아까 이야기하던 도중 열과 통증이 점점 더 심해지는 것을 깨달았다.

생각보다 중상인 듯했다.

솔직히 지금은 자세를 유지하기도 어렵다.

오른쪽 다리가 파르르 떨린다.

통증은 말할 것도 없지만.

이 오른 다리의 상태로는 단번에 돌파하는 것은 불가능.

아니, 돌파는커녕 달리는 것조차.

"……그래."

"적어도 큐리에만이라도……."

"그 이상 말하면 화낸다."

심각해지지 않도록 미소를 지었다.

다만 숙였던 고개를 들 수 없었다.

"아까 모처럼 짐이 아니라는 말을 들었는데…… 정말 죄송해요."

"바보. 신경 쓰지 마. 여차하면 내가 널 업고 돌파할게."

고마운 말이지만 그것은 비현실적인 이야기다.

사람 하나를 업으면 당연히 이동 속도가 늦춰진다. 무기의 가동 영역도 제한된다.

무엇보다 지금의 자신들에게는 지금까지의 전투와 50계층을 이동해온 만큼의 피로가 쌓여있다.

"큐리에."

프라이어스의 칼날을 목덜미에 댔다.

그리고 미소 짓는다.

"여차하면 이런 방법이 있으니까요."

성유적에서 사망하면 산 채로 지상으로 전이된다.

그러나 전송 후에는 언제 깨어날지 알 수 없는 긴 잠에 빠진다고 한다.

수십 년 동안 깨어나지 못한 사람도 있다고.

최악의 경우 쿠로히코나 큐리에와는 깨어난 상태에서 두 번 다시 만날 수 없을지도 모른다.

그러나 시도할 가치는 있다.

큐리에 벨스테인이라지만 자신을 지키며 저 세 머리와 오크 무리를 돌파하는 것은 어려울 것이다.

그러나 혼자라면 문제없이 돌파할 수 있을 터.

"그건…… 그것만큼은……."

큐리에의 입가가 굳어졌다.

그녀도 알고 있다.

지금 상황에서는 그것이 최선이라는 것을.

최악의 결과는 **두 사람이 산 채로** 저 오크들에게 붙잡히는 것이니까.

그때였다.

"웩, 고엑고엑…… 고흐. 게하아아아아! 크엑, 게하아아아아아아아아!"

세 머리가 구토.

큐리에가 미간을 찌푸렸다.

"이번엔 수호종 오크라고……?"

수십 마리의 수호종 오크가 쏟아져 나왔다.

유쾌한 듯이 펄쩍 뛰거나 도발을 반복하던 오크들이 더 세차게 승리의 함성을 질렀다.

"큭, 한 마리라면 그리 어렵지 않겠지만 열 배 이상의 수라면……."

출구 돌파의 난도가 더욱 올랐다.

시간이 흐르면 흐를수록 점점 더 어려워진다.

"결단은 빠른 편이 좋아요, 큐리에."

그렇게 말하며 간절한 표정으로 큐리에가 이를 갈았다.

세실리는 신기했다.

지금은 유독 마음이 진정됐다.

아마도 그것은…….

끝으로 이 《세 사람》의 공략반으로 성유적을 공략할 수 있었으니까.

세실리는 후후, 하고 웃었다.

"쿠로히코에게 전해주겠어요?"

"바, 바보! 너 한 명 정도라면 내가!"

"큐리에."

"큭!"

적어도 한 마디면 되니까 전해주었으면 한다.

눈을 감았다.

"저를……."

그때 배후의 벽 너머에서 엄청난 소리가 울렸다.

큐리에가 더욱 경계하며 자세를 고쳤다.

"뭐, 뭐지?"

무언가가 부서지는 소리.

소리는 점차 가까워졌다.

직후, 그 소리를 낸 벽이 충격으로 무너졌다.

"아."

무너진 벽 너머로 한 남자가 모습을 드러냈다.

크게 변모한 검은 왼팔.

왼쪽 눈에 안대.

오른손에 붉은 맥이 흐르는 분홍색 요도.

왼손에 검은 대검.

상의를 벗어 드러난 등에는 두 개의 검은 날개가 있었다.

처음 보는 것도 있었다.

두 개의 거대한 검은 팔.

붉은 혈관이 불거진 검은 팔이 그의 두 어깨의 대각선 위에

떠 있었다.

그렇다, 팔만이었다.

원래 어깨에서 이어져야 할 부위는 검붉은 차원의 구멍과

이어져 있었다.

남자의 두 팔에는 그 떠오른 팔과 같은 검붉은 혈관이 불거졌다.

일반적인 감성으로 말하자면 불길하다고 표현할 수 있는 모습일지도 모른다.

그러나 그 모습이…… 세실리 아크라이트에게는 빛나는 희망 그 자체로 보였다.

"죄송해요."

사과하며 한 발 앞으로 나온 남자는 다시 이 방에 발을 디뎠다.

"제가 늦었죠?"

◇

제8금주의 팔로 벽을 파괴한 너머에는 이상한 광경이 펼쳐져 있었다.

세 개의 머리와 여덟 개의 팔을 지닌 거대한 마물과 오크 집단이 출구를 막듯이 모여 있었다.

마물들은 내 등장에 당황한 것처럼 보였다.

집단과 대치한 것은 큐리에 씨와 세실리 씨.

세시릴 씨가 내가 등을 돌린 채 울먹이는 목소리로 말했다.

"온다면 온다고 말해달라고요……."

목소리가 조금 떨렸다.

마물과 대치하며 세실리 씨의 어깨에 손을 올린 큐리에 씨.

"전하고 싶은 말은 직접 전하는 편이 좋겠어."

다행이다.

두 사람이 무사해서.

늦지 않고 다시 만날 수 있어서.

힘이 더욱 솟아나는 것을 느끼며 단번에 두 사람 곁으로 이동.

마물들에게서 시선을 떼지 않고 물었다.

"지금 상황…… 무슨 일이 있었나요?"

"너와 헤어진 직후 갑자기 저 커다란 녀석이 벽 너머에서 나타났어. 주위의 오크는 저 세 머리가 토해낸…… 만들어낸 마물이야. 그리고…… 세실리가 전투 중 다리를 다쳤어."

"그렇군요. 서두르길 잘했던 모양이네요."

"너는 무슨 일이 있었어? 그 공중에 뜬 팔은…… 아군이라고 생각해도 되겠지?"

나는 되도록 간결하고 빠르게 사정을 설명했다.

문장이 그려진 방에서 있던 것은 제8금주를 발견했을 때와 같은 제단이었다.

제단의 상자 안에는 주문서가 들어 있었다.

무려 금주의 주문서.

그러나 주문서를 손에 넣어 기뻐할 정신적 여유는 없었다.

서둘러 두 사람에게 돌아가는 것이 최우선.

주문서를 회수한 뒤 바로 방에서 나와 위로 이어지는 구멍으로 갔다.

　그리고 한동안 기어올라 다른 계층에 도달했다.

　탈출에 도움이 되는 금주가 있을지도 모른다고 생각한 나는 새롭게 손에 넣은 주문서를 읽었다.

　제7금주.

　영창을 마치자 차원의 구멍에서 검은 검이 나타났다.

　다만 내 손에는 조금 크다고 느껴지는 크기였다.

　두 손으로 쥐지 않으면 사용하기 어려울지도 모른다.

　그러나 제8금주의 팔이라면 한 손으로도 들기 쉬운 인상이었다.

　이 금주는 사용하기에 따라서 강력할지도 모른다.

　전에 《마구라이》가 부러졌을 때와 같은 일이 있어도 바로 무기를 보충할 수 있다.

　무기를 가져갈 수 없는 곳에도 아무런 문제없이 무기를 가져갈 수 있는 것이나 마찬가지다.

　그러나 탈출에 도움이 될 것 같지 않았다.

　나는 제2단계도 시도해보기로 했다.

　금주는 하나 위 숫자의 금주를 습득한 상태라면 제2단계의 능력도 사용할 수 있다.

　영창 내의 단어로는 《제2계》라는 녀석이다.

　처음 제2계를 발동했을 때, 나는 놀랐다.

　공격을 받았다고 생각했기 때문이다.

　무슨 일이 일어났는가?

차원의 구멍이 열리는가 싶더니 스콜반가의 것처럼 두껍고 강인한 두 팔이 불쑥 나타났다.

검은 피부에 검붉은 맥.

아무래도 내 의사로 자유롭게 다룰 수 있는 금주의 팔인 듯했다.

금주팔, 이라고 부를까.

발동 후에는 내 두 팔에도 검붉은 맥이 불거졌다.

이것은 나와 금주팔이 이어진 증거 같은 것이리라.

편리한 금주인 듯싶지만 이것도 탈출의 결정타는 될 수 없었다.

세상이 그리 쉽게 풀리지는 않는 법.

아니, 거기서 새로운 금주를 발견했을 때 이미 잘 풀렸다고 할 수 있다.

최강의 금주라 불리는 제1금주가 아니었지만 괜찮은 성과라고 할 수 있다.

새로운 금주를 확인한 뒤, 나는 그 계층을 뛰어다녔다.

그러자 위로 이어진 계단조차 존재하지 않는 계층이라는 사실을 알아냈다.

이렇게 된 이상 힘을 사용해 빠져나가기로 했다.

지치는 문제로 마지막 수단으로 여겼지만 이제는 아끼고 있을 때가 아니다.

떨어졌을 때의 느낌과 올라온 느낌으로 볼 때 다른 일행과 헤어진 방의 계층까지 그리 멀지 않을 것이라고 판단했다.

높은 천장을 보았다.

"……제8금주, 제2계 해방."

"……제5금주, 해방."

제5금주의 날개로 상승해 제8금주의 팔로 천장을 파괴.

정말이지 힘으로 밀어붙이는 방법.

이 바닥이나 벽을 부수는 작업에는 제7금주의 팔도 추가했다.

제8금주의 왼팔만큼의 위력은 아니지만 보조로서는 충분했다.

다만 여기서 새롭게 발생한 문제는 일행의 위치를 알려주는 반지의 빛을 기대기 힘들어졌다는 점이었다.

그때, 신경 쓰이는 소리가 들렸다.

후에 큐리에 씨의 설명을 들어보니 그 소리는 아마도 세 머리가 벽을 파괴했을 때의 소리인 것 같았다.

금주의 숙주가 지닌 힘으로 청력이 올랐기에 들렸던 것인지도 모른다.

나는 우선 그 소리가 난 방향을 향해 이동하기로 했다.

"그래서 이 방에 도착한 거예요."

설명을 마쳤을 무렵, 우리 주위에는 녹기 시작한 몇 마리의 오크 시체가 나뒹굴어 있었다.

나는 공격해오는 오크를 베며 두 사람의 상황도 파악했다.

지금 가장 큰 문제는 저 세 머리인 듯했다.

저 녀석을 쓰러뜨리지 않으면 오크의 수도 계속 늘어난다.

"저 순식간에 재생하는 능력이 성가시네요."

사실은 방에 들어온 뒤 바로 제3금주로 세 머리의 중심에 있는 머리를 날려버렸다.

그러나 놀라운 속도로 재생했다.

거인 토벌 작전의 대형 골렘 때는 재생 에너지원인 주위의 성소를 《마구라이》로 옅게 해서 승리했지만……

그나저나 저 모습은…… 헤카톤케일이 떠오른다.

예전 세계의 신화에 등장하는 헤카톤케일은 100개의 손과 50개의 머리를 지닌 거인이었던 것으로 기억한다.

그러니 엄밀하게 말하자면 다르지만.

저렇게 볼록하게 배가 튀어나온 그림도 본 적이 없고……

어쨌든 출구는 저 세 머리가 가로막고 있다.

밀집한 오크의 수도 고려하면 이대로 돌진해도 세 사람 모두 무사히 돌파할 수 있을지 미묘하다.

"돌파할 수 있을 것 같아? 쿠로히코."

"저 수를 생각하면 안전하다고는 할 수 없을지도 모르겠네요."

세실리 씨는 다리를 다쳐 달릴 수 없다.

내가 그녀를 업고 큐리에 씨가 선행해서 돌파한다?

그 반대가 좋을까?

"저 세 머리를 쓰러뜨리기만 하면 남은 오크의 수를 줄이는 것뿐인가."

오크만이라면 돌파도 현실적이다.

문제는 역시 세 머리.

순간에 가까운 자기 재생 능력.

전투 능력도 낮지 않을 것 같았다. 그러나.

"역시 저 이상한 재생 능력이 고민거리네요."

저 속도를 보면 재생보다 빠르게 몸을 파괴하는 방법도 어려울 것 같았다.

그때 세실리 씨가 입을 열었다.

"도움이 될지 모르겠지만 재생 능력을 지닌 세 머리 용에 대해 적힌 문헌을 본 적이 있어요. 그 용은 아무리 해도 재생했지만 목 세 개를 동시에 떨어뜨리니 재생하지 않고 쓰러뜨릴 수 있었다고 해요."

"그렇군, 동시 파괴라."

큐리에 씨가 그렇게 말하며 공격해오는 수호종 오크를 두 동강 내고서, 한 번 더 휘둘러 오크 세 마리를 쓰러뜨렸다.

"시도해볼 가치는 있겠어. 문제는 저 세 머리에 닿는 동시 공격이 필요한 건데……."

"큐리에 씨."

오크가 던진 창을 왼손으로 붙잡아 되던지며 내가 말했다.

"세실리 씨를 한동안 맡겨도 될까요?"

큐리에 씨가 리벨게이트에 성소를 추가로 담았다.

"나는 괜찮아."

"그럼 부탁드릴게요."

"동시 격파…… 혼자서 할 수 있겠어?"

"해낼게요."

필요한 것은 확실하게 각 머리를 파괴할 수 있는 공격력.

그렇다면 확실함을 고려해 제3금주를 섞을 필요가 있다.

다만 부담의 문제로 최대 두 발이 한계.

한 발은 이미 사용했다.

실명의 리스크를 질 회수를 고려하면…… 앞으로 한 번.

"쿠로히코, 죄송해……."

무언가 말하려던 세실리 씨가 말을 고쳤다.

"……부탁드려요."

"네, 맡겨주세요."

아마 그녀는 《죄송해요》 하고 말하려 했을 것이다.

거기서 말을 고쳐 《부탁해요》 하고 말했을 때, 어쩐지 기뻤다.

진짜 《동료》로 봐준 것만 같았으니까.

"제5금주, 해방."

두 장의 금주 날개를 추가.

배후에 다른 두 개의 거대한 날개가 생겨났다.

안테나와 같은 성질을 지닌 거대한 날개와 거리가 벌어지면 벌어질수록 제5금주의 성능은 떨어진다.

그러니 최대 성능을 발휘하기 위해 두 장 더 추가했다.

바닥에서 갑자기 솟은 안테나 날개의 출현에 순간 오크들이 당황했다.

처음에 꺼내둔 날개에 《광앵》을 찔렀다.

내 날개의 피를 마시게 해 예리함을 높이기 위해.

처음 두 장의 날개는 흡혈용으로 삼는다.

성능이 떨어진 그 두 장의 날개에도 역할은 있다.

칼날이 날개를 파고드는 통증은 받아들인다.

날카로운 통증은 절대 사라지지 않지만 견디거나 받아들일 수 있다.

좌우의 금주팔 각각에는 죽어서 녹은 오크가 사용하던 철퇴와 쇠망치를 들게 했다.

남은 두 개의 내 팔.

왼손에는 제7금주의 흑대검.

오른손에는 피를 잔뜩 마시게 한 《광앵》.

날개를 펼쳤다.

그 직후, 제8금주 팔의 팔꿈치 분사에 맞춰 가속.

1초도 걸리지 않아 세 머리의 얼굴로 접근.

오크들이 조금 늦게 날아든 나를 올려다보았다.

그리고 몇 초 동안 멍하니 있다가 깨어나듯 큐리에 씨와 세실리 씨 쪽으로 뛰었다.

그중에는 수호종 오크도 섞여 있었다.

저만한 수를 혼자 상대하긴 힘들 것이다.

그러나 저 사람이라면 분명 해낼 것이다.

나는 망설이지 않고 세 머리와 마주했다.

날카로운 소리로 외치는 세 머리.

해골처럼 눈이 없는 눈구멍.

중앙의 얼굴이 나를 바라보는 것을 알 수 있었다.

세 머리는 내 가속 이동에도 대응하고 있었다.

속도를 활용한 돌파는 애초부터 무리였단 뜻이다.

귀에 거슬리는 소리로 우는 세 머리가 무기를 든 여덟 개의 팔로 공격했다.

나는 좌우의 금주팔로 그 여덟 개의 팔을 막았다.

확실히 근력이나 속도 등의 기초 능력은 높다.

그러나 **기술이 전혀 없는** 여덟 군데의 공격이라면 충분히 금주팔 두 개로도 처리할 수 있다.

"그…… 그고오오오아아아아아아!"

눈앞으로 다가온 나를 좌우의 머리가 울부짖으며 동시에 바라보았다.

"나, 금주를 일으키니."

영창, 개시.

세 머리 동시 격파.

왼손의 대검을 왼손 쪽 머리를 향해 휘둘렀다.

오른손의 요도를 오른손 쪽 머리를 향해 휘둘렀다.

그리고.

"제3금주, 해방."

두 자루의 칼날이 그어짐과 동시에 검고 붉은 광선이 솟구

처 중앙의 머리를 관통.

광선이 머리를 파괴.

"히…… 히이에게에야아아아아아아?!"
몸 안쪽에서 나오는 듯한 절규가 울렸다.
그 직후 세 머리의 움직임이 정지.
거구가 휘청인다.
그리고 지탱할 의지를 잃은 세 머리의 거구는 무너지듯 쓰
러졌다.
머리는…… 재생하지 않는다.
세 머리의 몸에서 증기와 같은 연기가 피어오르기 시작했다.
용해가 시작된 것이다.
방금까지 가득했던 생명의 기척이 사라졌다.
의지가 존재하는 기척도 나지 않았다.
해냈다.
세 머리의 몸이 완전히 바닥으로 잠기기 전에 세 머리의 아
래에서 이쪽을 올려보던 오크들을 처리했다.
곧바로 몸의 방향을 바꾼 나는 천천히 쓰러지는 여덟 개의
팔이 달린 거구를 뒤에 두고 가속.
분전하는 큐리에 씨를 향해 멀리서 창을 던지려던 오크의
뒤에 섰다.
오크 무리의 틈새로 다리를 다쳤음에도 싸우는 세실리 씨

의 모습이 보였다.

"이봐."

"그고? 고…… 브고?!"

돌아본 순간, 그 오크의 심장을 금주의 대검이 꿰뚫었다.

"브, 고……? 가…… 가훅, 브고오오오!"

피를 토하는 비명을 듣고서 큐리에 씨와 세실리 씨를 공격하려던 오크들이 이쪽을 향해 돌아보았다.

이제는 세 머리의 공급은 없다.

내 뒤에는 녹을 때 나오는 증기와 같은 것이 마치 안개처럼 피어올랐다.

"이 방에 남은 건 이제 너희뿐이야. 그래도 계속 큐리에 씨와 세실리 씨를 공격할 생각이라면……."

나는 네 자루의 무기를 살기를 담아 들고서 말했다.

"모조리 죽인다."

오랜만에 본 하늘은 두꺼운 구름이 떠다니는 푸르른 하늘이었다.

공기는 기분 좋게 맑았다.

부드러운 바람에 나뭇잎이 소리를 냈다.

향기도 다르다.

맑은 생명의 향기.

지금 이 순간에 느끼는 모든 것이 마음을 편안하게 해주었다.

"돌아왔네요."

우리는 지금 철로 된 우리 안에 있다.

물론 오크가 만든 우리가 아니다.

우리는 성유적 안의 귀환 장치를 사용해 지상으로 돌아왔다.

그리고 전송 후에 도착하는 곳은 성유적 입구 앞 광장에 있는 이곳이다.

철로 된 우리가 있는 것은 공략반과 함께 자주 전송되는 마물을 놓치지 않기 위해 학원 측이 설치했기 때문이다.

"일단…… 최하층 공략 달성인 셈이지?"

배낭을 땅에 내려놓은 큐리에 씨가 물었다.

금주의 주문서를 발견한 계층은 학원 부지와 통하는 성유적과는 이어지지 않았다.

다른 입구에서 들어가는 성유적의 계층이었을 가능성은 있다. 그러니.

"이 학원의 성유적은 완전히 재패했을 거예요."

세 머리라는 예상 밖의 마물이 나타났지만 우리는 최하층 공략을 달성했다.

"이걸로 세실리 씨도 목적 하나를 이뤘네요."

등에 업힌 세실리 씨에게 말을 걸었다.

대답이 없다.

잠든 것은 아닌 것 같은데.

"세실리 씨?"

"……마지막에 방해가 돼서 죄송했어요."

"무슨 말이에요."

정말이지 이 사람은 그런 점을 신경 쓴다니까.

역시 섬세한 사람이다.

그런 점도 싫지는 않지만.

"특히 마지막 세 머리는 세실리 씨가 세 머리 용의 기록을 떠올려준 덕분에 쓰러뜨렸잖아요."

그녀의 허벅지를 가볍게 들어 올리며 자세를 고쳤다.

"함께 싸운다는 건 검을 휘두르거나 술식을 사용하는 것만이 아니에요. 저는 이번 성유적 공략으로 세실리 씨에게서 그걸 배웠어요."

큐리에 씨가 배낭에서 유독 커다란 크리스털을 꺼냈다.

"이 크리스털을 손에 넣을 수 있었던 것도 결과적으로 세실리가 세 머리를 쓰러뜨리는 방법을 알고 있었던 덕분이지. 이 걸로 다음에 자금이 필요해졌을 때도 금방 돈을 마련할 수 있어."

세실리 씨는 내 목을 감은 두 팔을 꼭 감았다.

"이제 싫어."

"네?"

"두 사람의 자상함에 기대게 되는 자신이."

진심으로 부끄러워한다.

나는 쓴웃음 지었다.

"전에도 말했지만 세실리 씨는 최근 자신을 너무 낮게 평가한다니까요."

"……또 제 가슴을 콕콕 찌를 거예요?"

"안 그래요! 그건 진짜 죄송했다고요!"

그보다…… 불가항력으로 허벅지를 만지는 상태인 것이, 서로의 몸이 밀착된 상태인 것이 이제야 미묘하게 의식되기 시작했다.

특히 이 허벅지는 내 딱딱한 팔과 비교하면 얼마나 부드러운가.

"후후."

세실리 씨가 자연스럽게 미소 지었다.

그리고 내 목덜미에 얼굴을 파묻은 채, 그녀는 행복한 듯이 말했다.

"정말 좋아해요, 두 사람 모두."

그러고 있으니 근처에 있던 후보생들이 우리의 존재를 발견했다.

우리가 돌아온 소식은 곧바로 학원으로 전달.

성유적 회관에 보고하러 돌아갔을 땐 이미 회관 근처가 후보생으로 가득했다.

큐리에 씨와 세실리 씨의 도달 계층을 나타내는 팔지의 색은 무색투명.

다만 내 팔찌만큼은 조금 붉은 기가 있었다.

원래 계층을 내려가면 검정, 회색, 투명 순서로 팔찌의 수정이 변색한다.

그런데 내 팔찌만 불그스름한 반투명.

최하층보다 더 밑으로 내려갔기 때문일까.

변색은 50계층으로 일단락되고, 일단락되는 지점이 무색투명인 것일까.

그 너머의 계층이 있는 유적에서는 무색투명에서 붉은 기가 더해지는 것인지도 모른다.

참고로 내 팔찌의 색은 후에 최하층 도달의 증표로 인정됐다.

이렇게 우리는 성 르노우스레드 학원 성유적의 완전 공략을 이룩해냈다.

에필로그 I

학원의 성유적 공략을 마치고 며칠이 흘렀다.

최고 도달 기록을 수립한 공략반 세 사람 주변은 한동안 떠들썩했지만, 며칠 흐르니 그 열기도 점차 진정되었다.

나는 평소와 같은 분위기인 쪽이 고마웠다.

그런 일상으로 돌아오던 나는, 어느 날 방과 후 마키나 씨의 호출로 학원장실을 찾았다.

의자서 훌쩍 내려온 마키나 씨가 총총히 방의 옆쪽으로 걸어갔다.

"지금 차를 내올게."

티세트로 보이는 것이 낮은 선반 위에 있었다.

전에는 없었던 것 같은데.

마키나 씨는 최근 찻잔 종류를 포함해 《향차》에 빠져 있다고 한다.

단순히 차를 마시고 싶다면 미아 씨에게 부탁하면 끓여줄 것이다.

다시 말해 지금의 마키나 씨는 스스로 끓이는 것에 가치가 있는 셈이다.

장인처럼 진지함이 감도는 얼굴로 화려하고 고급스러운 장식이 달린 컵에 차를 따르는 마키나 씨.

"물론 죽어도 입 밖으로 꺼낼 수는 없지만…… 어쩐지 열심히 부모를 돕는 아이 같아서 흐뭇하네."

"또렷하게 입 밖으로 흘러나왔는데."

또렷하게, 노려본다.

"죄, 죄송해요……."

나는 사과하며 웅크렸다.

또 저질렀다…….

마키나 씨는 두 사람분의 차를 끓인 뒤 소파에서 기다리는 내 앞에 컵을 올려주었다.

"아바나 잎을 사용한 향차야. 마음에 들면 좋겠네."

뭐, 다시 말해 홍차다.

킁킁…… 응, 좋은 향기다.

달콤함 속에 민트처럼 산뜻한 향기 담겨 있다.

"향이 좋네요. 차에 관심을 가지신 건 무슨 심경의 변화라도 있었나요?"

"이것저것 정리가 됐으니 새로운 취미나 시작해볼까 싶었거든."

마키나 씨가 얇은 입술로 컵을 우아하게 가져갔다.

"후후, 제법 좋다니까? 스스로 새로운 취미를 개척하는…… 앗, 뜨거?!"

아직 차가 뜨거운 듯하다.

작은 혀를 빼꼼 내밀고 울상이 된 마키나 씨.

"그혀고 호니…… 어헌지 증기가 유혹 심하하 싶헜어."

아직 혀가 잘 돌아가지 않는 모양이다.

아무래도 물을 끓이는 술식기의 온도 설정을 실수했나 보다.

으, 하고 눈을 질끈 감고 입가를 닦는 마키나 씨.

그리고는 탁자 너머 내 쪽으로 자신의 컵을 내밀었다.

"어? 설마 저보고 마시라고요?"

"아니햐. 네하 후후 홀어서 식혀됴."

"……뭐라고요?"

"응."

마키나 씨는 허리를 들고는 컵을 더 내밀었다.

"하지만 남자가 불어서 식히면…… 싫지 않나요?"

"할리."

빨리, 라고 말한 것 같다.

으…… 거스를 수 없는 분위기인데.

여전히 특정 인물의 부탁에는 무척이나 약한 성수국의 금
주술사다.

"후~ 후…… 후~, 후우…… 후우…… 이, 이러면 될까요?"

"그해."

컵을 받아든 마키나 씨는 찔끔찔끔 차를 마시기 시작했다.

그럼 나도 마셔볼까.

그렇게 컵 손잡이를 잡은 순간.

"자."

자신의 컵을 놓은 마키나 씨가 손을 내밀었다.

"네?"

무슨 뜻이지……?

"이쪽 걸 마시고 싶으세요?"

모, 모처럼 후후 불어줬는데.

마음이 변한 걸까?

"내가 식혀줄게."

"네?"

"손님이 혀를 데이게 할 수는 없으니까."

"직접 식힐 수 있어요. 그보다 이미 제법 식어서……."

"이리 줘."

"……네."

어째서인지 마키나 씨가 후후 불어준 차를 마시게 됐다.

"후우."

기묘한 각오와 함께 차를 반쯤 마시고서 컵을 놓았다.

향도 그렇지만 맛 자체도 훌륭했다.

좋은 잎을 사용했겠지.

향후 마키나 씨의 차 끓이는 기술이 향상되기를 기대하는 바이다.

"그러고 보니 제대로 말하는 게 늦어졌는데, 성유적 완전 공략 축하해. 뭐, 너와 그 두 사람이라면 그렇게 놀랄 일도 아니려나?"

"아니요, 그렇게 쉽게 공략한 건 아니에요. 높은 전투 능력만 있다고 공략할 수 있을 정도로 쉬운 곳이 아니었어요."

그럼…… 성유적 회관 사람과 교관들에겐 아직 이야기하지 않은 것이 있다.

그 성유적보다 아래 계층에 대해서.

다만 그 일은 마키나 씨에게는 때를 봐서 보고하려 했다.

나는 최하층보다 깊은 공간에 관해 이야기했다.

"……그렇구나. 네 팔찌가 불그스름했던 건 그게 원인이라고 생각하는구나?"

"네."

"학원의 유적에서는 이어지지 않았지만 더 깊은 아래 계층……. 그리고 시계탑 지하 제단에 있던 것과 같은 문장에 새로운 금주 주문서라고. 거기다 마물을 낳는 미지의 대형 마물…… 새로운 발견이 줄지었네."

"성유적의 성질로 볼 때 제가 파괴한 최하층 방의 벽, 그 아래 계층으로 이어진 구멍은 이미 원래대로 돌아왔을 것 같지만요."

마키나 씨가 등을 푹 기댄 채 생각에 잠긴 듯 팔짱을 꼈다.

"이종이 득실댔다고 하니 평범한 후보생이 통할 수준이 아닐 것 같네……."

"세실리 씨도 보고했겠지만, 최하층에 서식하는 오크의 위험성에 대해서도 주의가 필요할 거예요."

50계층에 도달한 후보생들이 만에 하나 생포된다면 일찍이 그 수용소에 있던 사람들처럼 분명 험한 꼴을 당하리라.

죽는 편이 좋다고 생각할 정도의 꼴을.

그것은 마물의 잔인함과 위험성을 다시 확인하게 해준 사건이기도 했다.

"오크가 서식하는 최하층에 대해선 출입 제한을 걸어둘 것도 고려하고 있어. 어쨌든 49계층까지 갈 수 있다면 후보생의 평가점으로는 충분하고도 넘치니까."

"그 세 머리도 부활했을지도 모르고요."

참고로 그 세 머리를 쓰러뜨리는 힌트를 준 세실리 씨의 다친 다리는 순조롭게 회복되고 있다.

그녀는 최근 기록이 존재하지 않는 성유적의 계층 정보를 정리하는 일에 의욕을 불태우고 있다.

미지의 계층 정보를 기록해 공개하는 것은 다른 후보생에게 도움이 되는 일.

그러니 일반적으로는 졸업이 가까워진 후보생이 친절한 마음으로 자료를 남기는 정도라고 들었다.

그러나 세실리 씨는 성유적과 마물의 위험성을 알려주기 위해 기록을 정리하겠다고 했다.

오크 서식지 일을 고려하면 뭐, 경쟁이 이러쿵저러쿵 이야기할 기분이 아닌 것도 이해가 된다.

"뭐…… 이걸로 넌 성유적을 공략을 완료한 셈인데, 앞으로의 목표는 있니?"

"제 당면의 목표는 역시 특급 성유적이죠. 지금부터 기사단 사람들과 이야기해서 출입을 인정받을 수 있을지는 아직 알 수 없지만요. 만약 인정받는다 해도 이번엔 특급 성유적의 공략반을 어떻게 할지에 대한 문제도 있고요."

자금은 저번 성유적 공략에서 손에 넣은 크리스털이 있으니

당분간은 어떻게 될 것 같았다.

다만 그 외에도 몇 가지 고려해야 할 점이 있다.

누구와 공략반을 맺을 것인가.

성수 기사단에도 협력을 요청할 것인가.

특급 성유적 공략은 학원의 수업과 상관이 없다.

그러니 공략반을 맺는다고 해도 후보생은 권유하기 어렵다.

그런 점 등을 어떻게 할지 곰곰이 생각해야 한다.

"실은 저번에 샤나에게서 편지가 왔어."

샤나 씨?

어째서 지금 그녀의 이야기가 나온 걸까?

"어쩌면 루벨아르간에 금주 주문서가 있을지도 모른다고 해."

"금주 주문서…… 저, 정말인가요?"

차를 한 모금 마신 뒤 마키나 씨가 답했다.

"그 진위를 확인할까 싶어…… 네 자신의 눈으로. 어찌 됐든 너밖에 주문서를 읽을 수 없으니 만약 정말로 있다고 해도 네가 가지 않으면 진위를 확인할 수 없잖아?"

컵을 놓은 마키나 씨는 **학원장**으로서의 표정을 했다.

"지크벨트 길에스와 힐기스 에메랄다가 특별 교류생으로 제국에 간 일은 알고 있지?"

"아, 네."

"당연히 루벨아르간 쪽에서도 성무제 중에 같은 제도에 관한 이야기가 오갔어."

설마…….

"어때?"

내 예상이 옳다는 표정으로 마키나 씨가 미소 지었다.

"너와 큐리에 둘이 특별 교류생이 되어 한동안 루벨아르간
으로 가볼 생각은 없니?"

에필로그 Ⅱ

종이 울린다.

도망치는 사람들의 표정에는 착란과 두려움이 뒤섞여 있었다.

땅이 울리듯 발소리를 내며, 스콜반가는 앞으로 나아갔다.

인간들은 스콜반가에게서 필사적으로 도망쳤다.

이 마을에 나타났을 때 저항해본 인간의 검이 지면에 꽂혀 있다.

그 칼날에 스콜반가의 모습이 비쳤다.

투박한 거구와 커다란 안면.

마치 물에 녹아들려는 오수의 모양을 그대로 굳힌 듯한 풍모.

그러나 얼핏 이곳에만 존재하는 듯이 완벽한 형태로 굳어버린 듯한 완전함도 있었다.

잔악성의 완전체라고 말하면 될까.

어쩌면 왜곡의 끝에서 태어난 어떤 새로운 미의 개념일까.

다만 예전 모습에서 외견이 다른 것으로 변한다 해도 달라지지 않는 것이 있다.

신성한 패기와 왕의 풍격.

지금은 타락한 상태인 두 부하에 의하면 말이지만.

두 부하에 의하면 그것들은 지금도 변하지 않았다고 한다.

둘 다 외견이 아닌 내부에 깃든 것이니 말이다.

부하의 이름은 테라와 투시에.

"존재가 가까워진 것을 느낄 수 있겠는가."

부하의 존재를 가까이에 느끼며 오래된 가옥의 모퉁이를 돌았다.

기척으로 볼 때 상대도 이쪽을 찾는 듯했다.

스콜반가의 몸에는 곳곳에 혈액이 묻어 있었다.

자신의 피가 아니다.

살해한 인간의 피다.

그 커다란 두 손에는 뼈가 부서져 연체 생물처럼 된 인간들의 시체가 들려 있었다.

"흠, 그럭저럭 배가 찼군. 지금은 장난으로 죽이는 건 내키지 않는다."

그 인간의 아이…… 금주술사의 전사.

그 녀석과 싸우고서 전의가 있는 인간과 만나도 부족함을 느끼는 일이 늘었다.

"강함이란 꿀맛과도 같다는 건가. 징조로서는 해악…… 왕이 호전적이 되면 그것은 수단이 목적이 될 전조. 자중해야 한다."

자신을 그렇게 타이르며 두 손의 시체를 머리 위로 높게 던졌다.

그리고서는 시체를 던진 두 손을 가볍게 쥐었다.

연체화된 시체들이 마치 쥐어 짜이듯이 압축되어 갓난아기의 머리만 한 크기의 구체가 됐다.

스콜반가는 과일이라도 먹는 듯이 그것을 입에 던져 넣었다.

곱씹고는, 삼킨다.

"이정 도면 배를 채웠나. 테라와 투시에도 적당히 식사했겠지. 흠…… 그러나 그 금주술사 정도의 기골이 있는 자는 그리 많지 않지 않군."

"이 자식!"

스콜반가의 앞에 도끼를 든 인간의 아이가 뛰어들었다.

필사적으로 쥔 것은 변변치 않은 도끼.

전투용인 것도 아닌 듯했다.

아마도 벌목용이리라.

"뭐, 뭐야, 넌! 고대 유적에서 빠져나온 마물이냐?!"

공포에 질려 어깨를 떨면서도 결사의 질문을 던진 인간 아이.

용맹하다면 용맹하고, 무모하다면 무모했다.

"젠장…… 이 마을 사람을 붙잡아 하, 한꺼번에 잡아먹을 생각이지?! 하지만…… 그렇게 두지 않겠어! 마을 사람들은, 내, 내가 지킬 거다! 우오오오!"

인간의 아이는 나무를 자르는 행동으로 스콜반가의 발목을 향해 도끼를 휘둘렀다.

그러나 도끼날은 피부의 얇은 껍질 하나조차 가르지 못했다.

인간의 아이는 튕겨지듯 그 자리에 엉덩방아를 찧었다.

"과감한 아이는 싫지 않다…… 그러나 왕에 대한 언동으로는 지나치게 불손했다고 말할 수밖에 없겠군."

인간의 아이가 떨어뜨린 도끼를 숨을 쉬듯 한쪽 다리로 밟아 부쉈다.

산산이 부서진 도끼를 본 인간 아이는 겁에 질려 힉, 하고 짧은 비명을 질렀다.

"주제를 모르는 가축의 무모함을 허용할 정도로 짐은 온화하지 않다. 짐은 슬슬 식사를 마칠 때였다. 얌전히 있는 편이 현명했다."

소년에게 손을 뻗었다.

"아이는 아이대로 다른 맛이 있지. 이번 식사의 마무리로 먹어볼까."

그러나 스콜반가는 거기서 손을 멈췄다.

순간.

인간의 아이에게 손을 뻗은 자세를 한 스콜반가의 바로 옆을 **부하인 투시에가** 내동댕이쳐진 자세로 지나쳐갔다.

"카카, 얼빠진 놈."

투시에가 날아온 방향으로 시선을 돌렸다.

한 남자가 서 있었다.

"그저 현명하기만 해서는 제대로 된 전사를 키울 수 없지."

평범한 인간으로 보였다.

설마 저 인간 수컷이 투시에를 날려버린 것인가.

뒤를 돌아보았다.

투시에는 완전히 기절했다.

인간 수컷이 웃었다. 왕을 앞에 두고서.

"네놈 같은 상대에게 덤비는 꼬맹이는 장래성이 있는 게 당연하잖아. 죽게 두기엔 좀 아까운 재목이야."

저 인간의 태도는 너무나도 불손하다고 할 수 있다.

그런데도 당당한 미소를 떠올린 그 인간을 향한 흥미가 모든 불경죄를 뛰어넘었다.

"호오? 그대는 이 아이의 아버지인가? 자신의 아이를 구하기 위해……."

"날 보고 아빠라고? 카카, 웃기네…… 저 녀석은 이름도 모르는 꼬맹이야. 설령 잠깐 들린 이 마을이 전멸하든 나하곤 상관없지."

"흠, 흥미롭도다. 짐과 마주하고도 그렇게 웃을 여유가 있다니. 그리고 그 손의 떨림."

스콜반가는 깨달았다.

"공포가 아니로군."

"호오, 잘 알아보네."

"그렇군."

인간의 아이에 대한 흥미를 잃은 스콜반가는 그 인간…… 남자 쪽으로 다가가기 시작했다.

"광전사인가."

그렇게 평가하는 말과 함께 망치처럼 커다란 발로 대지를 때리며 스콜반가는 남자의 눈앞까지 다가갔다.

이 거리에 와서도 남자는 겁에 질린 모습을 보이지 않았다.

우매하거나 둔감한 것이 아니다.

어느 정도 이쪽의 역량을 판단한 후의 태도.

그것을 알 수 있었다.

"이 거리에서도 무기를 뽑지 않는다니 이해할 수 없도다. 그러나 짐의 힘을 상상할 수 없는 어리석은 자인 셈도 아닌 모양이로군. 좋다."

왕의 기운으로 두 팔을 벌렸다.

"이름을 듣지."

"히비가미다."

"굳이 어떠한 존재인지를 묻고 싶구나. 짐의 힘을 알면서도 짐을 두려워하지 않는 그대의 존재에 강한 흥미가 생겼노라."

히비가미는 이번에도 불손한 태도로 콧방귀를 뀌었다.

마치 그런 것은 아무래도 좋다고 말하려는 것만 같았다.

"나는 대단한 인생 배경이 없어. 뭐, 굳이 말하자면……."

히비가미는 두 자루의 무기 중 하나를 스르륵 뽑았다.

"그저 고독한, 최강이지."

흥미가 들었다.

날에 **빛**이 없었다.

무디다고는 할 수 없지만 저 도에는 특유의 충분한 날카로움이 없었다.

그러나 스콜반가는 바로 생각을 고쳤다.

아니다.

중시한 것은 경도.

저 도는 경도를 우선으로 만들어진 것이다.

이유는 알 수 없지만 이유가 있기에 만들어진 저 도.

히비가미가 만족스러운 듯이 말했다.

"칼을 뽑아도 미동도 하지 않고서 이 《무살》의 본질까지 파악했나."

기골이 있는 자임이 분명하다.

생각지도 못한 행운이라고 생각했다.

"흠, 짐의 앞에서 주저 없이 《최강》이라 하는가."

비뚤어진 턱을 천천히 쓰다듬으며 가치를 매기는 기분으로 히비가미를 바라보았다.

"교만한 것도 아니며, 방자한 것도 아니며, 과신하는 것도 아니며, 근거가 없는 것도 아니며, 우쭐대는 것도 아니며, 자만하는 것도 아니며, 무모한 것도 아니며, 어리석은 것도 아니군."

말을 마친 뒤…… 상반신을 뒤로 틀었다.

왕의 유일한 기술을 사용하기 위해.

"싸우기 전부터 짐이 인간을 전사로 인정하다니 드문 일이로군. 좋다, 히비가미…… 그대를 짐과 싸우기에 마땅한 전사로 인정하노라."

"카카, 무슨 잠꼬대 같은 소리야. 네놈이 인정하지 않아도…… 멋대로 붙어볼 생각이었다고."

히비가미가 자세를 잡은 것이 보였다.

기분 좋은 전의.

"이름을 대는 것이 늦었군. 짐의 이름은 스콜반가. 다시 세계의 왕이 될 자이니라."

"네놈이 누구든 상관없어. 난 그저 눈앞의 **강자**와 싸우고 싶은 것뿐이야. 그럼……."

겁에 질리긴커녕 기쁨에 찬 히비가미의 목소리.

"붙어볼까."

■작가 후기

그렇게 제2부의 시작을 장식한 9권입니다.

이번 권은 성무제에서 세실리 씨와 나눈 약속을 지키면서, 최근 방치된 느낌이었던 성유적 공략을 중심으로 한 내용이었습니다. 히비가미가 왕도로 오지 않고, 사흉재도 습격하지 않고, 노이즈도 없었더라면 이 『성수국의 금주술사』는 조금씩 시간을 들여 학원과 성유적을 오가는 던전 공략 이야기가 됐을지도 모릅니다. 작가로서는 아껴뒀던 성유적의 이런저런 내용을 꺼내게 되어 기쁘기도 합니다.

성유적 공략 관계로는 과거의 요소와 지금의 요소를 미묘하게 겹치거나 호응하기도 했습니다. 글을 쓰면서도 1, 2권 시절과 비교하면 쿠로히코 일행도 성장했구나 하고 실감하기도 했습니다. 작중에서도 언급했지만 《강한 채로 뉴게임》이 지나친 감도 약간(?) 있었던 것 같기도 하지만요…….

이론적으로 진행하는 흐름이 깔끔한 이야기도 좋아하지만, 정돈된 스토리 흐름을 일부러 끊고서 그대로 흐름을 바꾸는 돌발 이벤트를 집어넣는 이야기도 정말 좋아합니다. 지금까지의 『성수국의 금주술사』는 후자의 요소가 강했던 것 같지만 제2부는 아직 미지수입니다.

오히려 앞으로는 전혀 다른 방향으로 빠져 히로인들과 좌충

우돌한 일상을 보내는 제3의 흐름으로…… 빠지지는 않겠지만, 히로인들과 보내는 약간의 우당탕한 사건도 지금까지처럼 힘을 줄 생각입니다.

여기서부터는 감사 인사를 드립니다. 담당이신 S님, O님, 아직도 허둥대고 느릿느릿한 제를 항상 정성스럽게 대해주셔서 감사합니다. 열심히 정진하겠습니다. 시메사바 코하다 님, 히로인들의 매력이 가득 담긴 일러스트로 제2부의 시작을 장식해주셔서 감사합니다. 첫 메인 히로인 두 사람을 담은 표지는 어쩐지 감개무량합니다. 그리고 항상 출판을 도와주시는 여러분께도 감사의 말을 전합니다. 출판이나 판매는 정말로 저 혼자서는 할 수 없는 일이니까요.

그리고 『성수국의 금주술사』를 지지해주신 독자님, 이 9권을 읽어주신 당신에게 진심으로 깊은 감사를 전합니다. 제2부를 이렇게 시작할 수 있었던 것은 분명 여러분 덕분입니다.

그리고 한 가지 보고를 드립니다. 이번에 『성수국의 금주술사』의 코미컬라이즈가 결정됐습니다. 저도 나츠키 슈리 선생님이 그리시게 될 새로운 『성수국의 금주술사』를 기대하고 있습니다. 소설판과 마찬가지로 부디 잘 부탁드립니다.

그럼 드디어 금주술사가 왕도를 떠날 분위기가 감도는 다음 권에서 만나 뵙기를 기도하며, 이번엔 여기서 이만 실례하겠습니다.

시노자키 카오루

■역자 후기

안녕하세요. 역자 김덕진입니다. 이렇게 다시 인사드릴 수 있게 되어 영광입니다.

앞서 작가님 후기를 읽어보신 분이라면 알고 계시겠지만 이번 9권으로 제2부가 시작됐습니다.

오랜만에 주인공 일행이 성유적에 들어가 모험도 하고 그간의 경험을 바탕으로 강해진 모습들을 선보이기도 해서 좋았습니다. 앞부분에서 등장하는 세실리의 어머니도 너무 즐거우셨고요!

사실 작업을 하며 2부라는 느낌이 잘 들지 않았는데, 에필로그를 읽고 나니 다음 10권이 무척이나 기다려지게 되네요.

그런고로 무척이나 기대가 되는 10권으로 다시 찾아뵙겠습니다. 읽어주셔서 감사합니다. 감사합니다.

성수국의 금주술사 9

초판 1쇄 발행 2021년 8월 10일

지은이_ Kaoru Shinozaki
일러스트_ Kohada Shimesaba
옮긴이_ 김덕진

발행인_ 신현호
편집부장_ 윤영천
편집진행_ 김기준 · 김승신 · 원현선 · 권세라
편집디자인_ 양우연
관리 · 영업_ 김민원 · 조인희

펴낸곳_ (주)디앤씨미디어
등록_ 2002년 4월 25일 제20-260호
주소_ 서울시 구로구 디지털로 26길 111 JnK디지털타워 503호
전화_ 02-333-2513(대표)
팩시밀리_ 02-333-2514
이메일_ lnovelpiya@naver.com
ㄴ노벨 공식 카페_ http://cafe.naver.com/lnovel11

SEIZYUNO KUNINO KINZYUTUKAI 9
ⓒ 2017 by Kaoru Shinozaki
First published in Japan in 2017 by OVERLAP, Inc.
Korean translation rights reserved by D&C MEDIA Co., Ltd.
Under the license from OVERLAP, Inc., Tokyo JAPAN

ISBN 979-11-278-6139-1 04830
ISBN 979-11-86906-12-5 (세트)

값 7,800원